一个孤独漫步者的遐想

Jean-Jacques Rousseau

〔法〕卢梭 著
周瑛 译

西苑出版社

Reveries of the Solitary Walker

图书在版编目（CIP）数据

一个孤独漫步者的遐想 /（法）让 - 雅克 · 卢梭著；
周瑛译 . — 北京：西苑出版社，2018.8（2022.1 重印）
ISBN 978-7-5151-0678-6
Ⅰ . ①一… Ⅱ . ①让… ②周… Ⅲ . ①散文集 - 法国
- 近代 Ⅳ . ① I565.64

中国版本图书馆 CIP 数据核字 (2018) 第 055098 号

一个孤独漫步者的遐想

YIGE GUDU MANBUZHE DE XIAXIANG

出 品 人　赵　晖
责任编辑　辛小雪
责任印制　陈爱华
责任校对　刘娟娟
书装发行　董茹嘉
出版发行　西苑出版社 XIYUAN PUBLISHING HOUSE
地　　址　北京市朝阳区和平街 11 区 37 号楼　邮政编码：100013
电　　话　010-88636419
　　　　　E-mail：xiyuanpub@163.com
印　　刷　天津奥丰特印刷有限公司
经　　销　全国新华书店
开　　本　710 毫米 ×500 毫米　1/32
字　　数　89 千字
印　　张　8.25
版　　次　2018 年 9 月第 1 版
印　　次　2022 年 1 月第 2 次印刷
书　　号　ISBN 978-7-5151-0678-6
定　　价　42.00 元

目录

CHAPTER 1

漫步一

就这样，我孤单存活于世间，没有兄弟、没有志同道合的知己、没有朋友，没有可以来往的任何人。人类中最平易近人、最富有爱心的一个人，竟然遭到世人一致地摒弃。他们是那样地恨我，想尽一切办法，无所不用其极地想着怎样残酷折磨我这脆弱的灵魂。他们残暴地切断了我与他们的一切联系。尽管这样，我还是爱他们的。除非他们不是人类，否则是阻止不了我对他们的爱的。 正如他们所想的一样，他们现在对于我而言，已经成了外人、陌生人，抑或什么人都不是。但是，断绝了和他们以及周遭一切的联系之后，我自己又成了什么呢？这就是接下来我要找寻的答案。不幸的是，在找寻答案之前，我得先看一下自己的处境。这是我必须经历的过程，只有这样我才能先看清他们，再看清我自己。

十五年抑或更长时间以来，我一直身处这种奇怪的境地，于我而言就像是做了一场梦。我总觉得，要么是消化不良折磨着我，要么是睡觉的时候噩梦萦绕，最终我会从痛苦中安然醒来，与我的朋友们重逢。是的，也许我就是这样，而没有察觉到自己早就从清醒坠入沉睡，确切地说，从生迈向了死。不知怎么回事，我已经脱离了万物运转的正常轨迹，眼睁睁地看着自己极速陷入了一种难以名状的混乱之中，在那里，我什么都看不见；而且我越是想到自己目前的处境，就越不明白自己到底置身何处。

唉！我之前怎么能够预料到等待自己的命运是什么？如今身陷于这种处境，我又怎能感知得更加透彻呢？我还是我，过去一样，现在也一样，按照我的理解，我哪能设想到有朝一日，我竟然会沦落到被大家坚定地认为是一个恶魔、一个下毒者、一个杀人犯，我为全人类所不齿，成了那些流氓恶棍的玩物，路人碰见我所给的礼遇竟然是朝我吐口水，整整一代人竟然全部愉快地达成了一个共识，就是将我活埋？当这个奇怪的变故就这么猝不及防地发生时，起初我为之震惊，随即我的烦躁、愤怒使我陷入了长达十年之久的癫妄而久久不能平复。在这段时期，我一错再错，一误再误，所做的蠢事一桩接一桩，我的不当之举给那些掌控我命运的人提供了如此多的可乘之机，以致他们巧加利用，终于使我的命运定格，再无回转之力。

长久以来，我拼命地挣扎，但这一切也是徒劳。我这个人，做事没有心机，说话不讲艺术，不懂掩藏自己，行事也不谨慎，我这个人就是一个直肠子，对人掏心掏肝、没有耐心并且容易被激怒，我所做的这番挣扎只会让自己被束缚得越来越紧，并且不断地给他人提供新的把柄，而他们一直虎视眈眈，绝不放过。最后，我总算知道自己所有的努力都是白费，只会给自己带来损失，于是我决定欣然接受命运留给我的唯一部分，那就是屈从于命运，不再和命运的定数抗争。我发现这种顺从给我带来了一份安宁，使我所有的痛苦都得到了补偿，而这份安宁是我以前艰难而徒劳的长期抗争所无法得到的。

这份安宁还得益于一件事情。仇恨我的人怀着对我深深的恨意，无所不用其极地折磨着我，他们的仇恨却让他们疏忽了一点，那就是他们原本能够一直保持并不断更新对我的折磨方式，旧痕上再添加新伤，这样才能使我被折磨得越来越厉害。哪怕他们稍微有技巧地给我留下一丝生存的希望，他们也能一直牢牢地掌控着我。他们还可以设下某种圈套，使我沦为他们手中的玩物，让我经历一次次失望的等待，从而一直沉浸在新的折磨中不可自拔。然而，他们提前用尽了各种资源，一点儿东西都没有留给我，其实相当于他们把自己也剥夺得一无所有了。他们施加在我身上的诽谤、绝望、嘲笑和耻辱不说能够减轻，但也是再没有办法感觉到加强了。我们都是一样的无能为力，他们没有办法再加强折磨，而我也无法逃避所有的折磨。他们是如此迫不及待地将我推向灾难的顶点，以至于无论是出于人力还是借助地狱般的手段，折磨我的强度也无法增加。比起增添我精神上的痛苦，肉体上的疼痛反而分散了我精神上的痛苦。也许，他们不让我大声喊叫的同时，也避免了我低声呻吟的机会，身体上的伤痕反倒减轻了我心灵上的痛楚。

当一切已成定局的时候，我还有什么可惧怕的？他们再也不能够让我感到畏惧，因为我的境况已经不能再坏。他们施加给我的无非就是无法摆脱的焦虑和恐惧，这反而让我觉得松了一口气。施加在我身上的痛苦没什么大不了的，我能够轻易承受正在经历的痛苦，但却不能承受我所担心的那些未知的痛苦。我会用自己那惊人的想象力将那些痛苦串联起来，反复考虑，并将它们延伸和扩大。等待痛苦来临比起痛苦真的来临更让我倍受煎熬，而痛苦的威胁比起痛苦的打击让我觉得更加可怕。一旦痛苦真的降临，事情就会发展到没有一丝想象中可以将它们减轻的可能，只剩下痛苦的本身含义。我还是觉得，它们比我事先所想象的程度轻得多，甚至在痛苦中我竟然能不停地感觉到轻松。在这种情况下，我一次次地克服了全新的恐惧，摆脱了焦虑，对我而言，养成唯一的一个习惯就可以了，那就是使自己一天天地变得更具有承受力，因为已经没有什么可以变得更加糟糕。随着时间的流逝，我的感情越来越迟钝，他们已经没有任何办法能让我的感情再起波澜。那些迫害我的人已经用尽了他们对我的一切恨意，这反倒留给了我一个好处。他们自断其路，再也伤害不到我，从今以后，我反倒可以嘲讽他们。

两个月前，我的心情还不曾完全平静。长久

以来，我什么都不畏惧，我还抱有希望，尽管这个希望刚一产生就已落空，但它还是勾起了我的千思万绪，不停地在我心中激荡。一场意想不到的悲惨事件最终抹去了我心中本来就极其微弱的希望之光，使得我认清了自己的命运已经定格于此，再无回转的余地了。从此以后，我毫无保留，甘心认命，就这样我重得安宁。

从我一开始看清整个事情的来龙去脉，我就永远不再指望公众能在我的有生之年站在我这一边，而且就算他们回到我这边也没有用，因为我也不会和他们一起。确实，人们重回我这边也是枉然，因为他们再也找不回我了。他们和我交往只会引起我的鄙视，让我觉得索然无味，甚至会让我觉得是种负担，我独自孤单地生活会比和他们生活在一起幸福百倍。他们给了我社交生活中的所有痛苦。在我这样的年纪，这样的痛苦应该是无法再次复制萌生的，现在为时已晚。从今以后，无论他们对我是好是坏，我对他们的一切已经无所谓了，而且无论他们做什么，我的这些同代人对我而言已经变得毫无意义。

但我曾经对未来还抱有希望，我曾希望更优秀的一代人能够更好地审视他们对于我的判断以及对我施加的言行，能够更好地梳理那些引导他们的那些人的阴谋诡计，从而最终看清楚一个真正的我是什么样子的。正是这种希望使我写下了《对话录》[①]，我做了千万种疯狂的尝试，希望这本书能流传后世。尽管这种希望十分渺茫，但还是支撑着我的灵魂，使我心潮起伏，我试图在本世纪寻找到一颗公正的心灵。可是，我的期望再一次白白地被扔放到了更远的地方，如今我还是沦为了人们的玩物。我曾经在《对话录》里说过我

① 即《卢梭评判让－雅克：对话录》，是卢梭晚年的重要作品，与《忏悔录》《一个孤独漫步者的遐想》一起，并称为卢梭晚年三部曲。

的期待建立在什么上面，然而我终究是弄错了。幸亏我还算及时地意识到了这一点，从而能够在我最后的日子到来之前，还能够得以享受到充分的安宁和绝对的休憩。这种时刻开始于我现在谈论到的这个时候，并且我有理由相信它再也不会被打断。

这些新的思考就发生在不久之前，它使我意识到期望公众能够回心转意是多么大的一个错误，哪怕是希望下一代也不行；因为他们对我的看法会受到那些憎恨我的团体的指引，并且团体成员会不断更新。要知道，憎恨我的人会一个个死去，但憎恨我的团体不会。他们对于我相同的感情一直流传着，他们对于我的恨意是那么的深，仿佛有神明在指导一般，不断地发酵，不停地作用。哪怕所有敌对我的人一个个撒手人寰，可世上还有那些神甫和那些奥拉托利天主教徒们，就算只剩下这两个团体在迫害我，我也非常笃定他们绝不会在我死后给我安宁，就如同我活着的时候他们对我的迫害一直也没有消停过一样。也许，随着时间的推移，那些我曾经真正冒犯过的神甫或许会息事宁人，但那些我曾经爱过、尊敬过、完全信任过并且从未冒犯过的奥拉托利天主教徒们却不会善罢甘休，他们都是教会的人，至少也是半僧侣的身份。他们出于自己的焦虑给我定了罪，他们出于自己的面子永不饶恕我，他们处心积虑地让公众站到他们一边，不断地挑起公众对我的恨意，这样公众的情感也和他们一样绝不平息。

世上的一切于我而言都结束了。人们再也不会使我感觉到是好过还是难受了。在这世上，我也没有什么好期盼或者是好害怕的，置身于深渊底部的我感到如此宁静，我这样一个不幸的凡夫俗子，竟然像上帝一样超然淡定。

从今往后，一切我身外的人或物对于我来说

都是陌生的。在这世上，我不再有亲近的人，不再有同道中人，也不再有所谓的兄弟。我所在的地球就如同一个陌生的星球，我仿佛是从原来生活的地方跌落于此的。如果我认出来身边的某样东西，只会是那些令我心痛心碎的事物，我放眼望一望我所接触到的以及我周遭的事物，只能找到那些我所蔑视、让我气愤的物件，或者是感受到那些使我痛心的苦难。所以，我的思想一定要和所有这些痛苦的玩意儿隔离开来。和这些东西打交道，既使人痛苦又没有什么用处。我余生剩下的唯一东西，就是我自己本身，因为我只能在我自己这儿找到安慰、希望和宁静，因此，我以后只能够并且只愿意和自己打交道。就是在这样的情况下，我又重拾起我之前取名的《忏悔录》，对自己进行一番严肃而真诚的审视。我要用最后的这些日子来研究我自己，提前准备好我日后总是要提交的关于自己的一份汇报。就让我们把自己完全交托于一种温馨的柔情中，和我的灵魂好好地进行一次交谈。因为，人们不能从我这儿夺走的就只剩下我的灵魂了。如果经过反复的思考，我得以将内心的思绪整理清楚，并且改正里面遗留的不良情绪，那么，我的思考就不完全是没有一丁点儿用处的。尽管在这世上我并不是像人们说的那样一无是处，至少在最后的日子里我也不会彻底迷失。我每天散步所获得的乐趣，总是充满着这些迷人的沉思，尽管很遗憾有些部分我已经回忆不起来了。我将通过写作记下那些我还能回忆起的部分，这样，每当我重读它们的时候总是能感受到快乐。我将忘却我的不幸，忘记那些迫害我的人，忘掉我所承受的耻辱，只沉浸在我的心灵早就该得到的那份褒奖当中。

这些文字本身只是我不成形的遐想日记，里面将会有许多关于我的问题，因为一个孤独的思考者必不可少想得更多的是他自己。除此之外，当我散步的时候，头脑中一闪而过的所有奇怪想法也能在里面找到它们的位置。当我想到什么，我就会说什么，里面很少会把前一天的某些想法和后一天想到的事情联系起来。但我置身在这种奇怪的环境下，我头脑里的情感和思想得以纵情驰骋，我总是会对自己的天性和脾气有一种全新的认识。因此，这些文字可以看作是《忏悔录》的附录部分，但我不会给它起这个标题，因为我感觉再没有什么能值得忏悔的。我的心灵在不幸的洗礼下得到了净化，我仔细审视内心，已经很难找到还有什么可以指责的地方。既然已经摆脱了一切的人类之爱，那我还有什么可以忏悔呢？我既没有什么可以炫耀歌颂的，也没有什么可以被指责诋毁的：从此在人群中，我仿佛就不存在，这就是我可以做的一切，和其他人没有任何实质的关系，也没有真正意义上的社会交际。我再也不会想做点好事结果却变成坏事，再也不会动不动就伤害到别人或者自己，克制自己成了我唯一的职责，我定当竭尽全力恪守这份职责。但这只是一种身体上的无为懈怠，我的灵魂依然活跃，它还是能产生众多的感情和思想，随着世俗短暂趣味的消失，似乎内心的思想活动反倒是增加了。我的身体于我而言不再是一种拖累、一种障碍，反倒是我尽已所能提前脱身开来。

这样一种奇特的境地确实值得研究和描述，我就把最后的余暇用于这一研究。为了使之成功，是需要讲顺序和方法的：但我却没有能力完成这项工作，因为这样会违背我的初衷，我只是想弄清楚自己思想的变动以及变动所产生的后续结果。我对自己所做的事情在某个方面挺像物理学家的操作，只是他们研究的是空气，从而得知每日的大气情况。我用了一支灵魂测量器，只要好好按照指示，长期重复测量，我也能够得到和物理学家一样精准的结果。不过，我并没有把事情做到这个份儿上，只是满足于记录数据，并不想由此推断出系列结果。我做的事情就如同蒙田所做的，但目的却和他截然相反：因为他写《随笔录》是给别人看的，而我写《遐想录》却是为了我自己。在我临近生命大限最后的日子里，如果我还能像我所希望的那样处于一种相同的境地之中，再来读它们，一定会让我回忆起我在写它们的时候所体验到的温情，也一定能让我重温逝去的时光，这就相当于把我的生命延长了一倍。尽管人们都讨厌我，但我还是能体验到与人交往的乐趣，等我垂垂老矣，我还是和另一个年龄段的自己在一起，就如同我和一个更年轻的朋友生活在一起。

我在写《忏悔录》和《对话录》的时候，一直在担心如何使它们逃脱那些迫害我的人的毒手，如果有可能的话使之能流传后世。但在这次写作中，这种担心再也不能折磨我了，我知道担心也没有用，更何况让世人更好地了解我的这个想法在我心中早已熄灭，留给我的只是对命运、对我真正的作品、对那些可以还我清白的证据的深深冷漠，而那些证据已经全部、永远地化为乌有了。让他们去监视我的行为，让他们为这些文字担心，让他们去抢夺、去删除、去篡改吧，从今往后，我对一切都无所谓。我不会把它们藏着掖着，也不会拿出来随意展示。就算有人在我有生之年将之夺去，那也抢不走我在撰写它们时所获得的快乐，抹不去关于这些内容的回忆，也夺不走产生这些文字的孤独中的沉思，而沉思的源泉只会随着我的灵魂一起湮灭。如果在灾难最开始的时候，我就能够明白不要和命运抗争的道理，就能够做出今天这样的决定的话，那这些人所有的努力以及他们所有可怕的手段就不会在我身上起到作用，他们也就不能通过各种阴谋诡计来打搅我的安宁，哪怕是以后他们阴谋得逞也丝毫影响不到我的安宁；就让他们为我所蒙受的耻辱肆意快乐吧，因为他们阻止不了我为自己的清白感到快乐，我可以完全不顾他们，在平和宁静中过自己的日子。

CHAPTER 2

漫步二

身在一种奇怪的处境当中，我感觉自己可能再也找不到精神寄托，那么，索性就来描写一下自己灵魂的日常状态。而为了实现这一计划，除了对我的散步和其间产生的种种幻想做出忠实的记录，我也找不出更简单且行之有效的办法了。当我放空头脑时，思绪便毫无阻碍地一泻千里。这些独自一人沉思的时光，是我一天当中唯一能感觉到完全属于自己的时刻，不受限制，不受阻碍，可以说是自然天成，心无挂碍。

我很快意识到这个计划已经被拖延得太久，比起刚看到那些让人激动的事物的时候，我的想象力已远不如那时生动活跃；我已不像那时一样沉醉于梦幻般的想象中，此后脑中更多的是模糊的回忆，而非新鲜的感触。我的才智略有衰退，生机也逐渐削弱。我的灵魂已无力冲破那层硬壳的桎梏，而失去了我自认为有权利去追求的希望之火，我只能靠着记忆存活了。为了在彻底沦落前好好审视下我自己，有必要追溯到几年之前。那时的我，在这世间已失去了一切希望，再也找不到充实心灵的精神食粮，于是我渐渐习惯了从自身寻求慰藉，让心灵产生养分来滋养自己。

这项我拖延了许久才想起的丰富资源，足以弥补我之前所失去的一切。我习惯于回归自我，几乎忘却了所有伤感和痛苦的记忆。凭借经验，我感觉真正幸福的源泉就在我们自身。会享受快乐的人，无人能使他不幸。近四五年来，我习惯于观察那些温柔多情的生命灵魂，把它当作内心的乐趣细细品味。有时独自散步体会到的欣喜和沉醉，还真要归功于那些迫害我的人：没有他们，我永远不可能发现和了解深藏于自己身上的财富。置身于如此多的珍宝之中，要如何才能做出一套翔实的记录呢？为了让我回想起那些甜蜜的遐想，我并未急于描绘它们，而是再次沉浸其中。这种状态是由那些温情的回忆带来的，如果不去完全地感受回忆，也就无法清晰了解当时的思绪了。

在计划续写《忏悔录》而散步时，我已感觉到这种重坠梦境的效果，特别是在我即将谈到的一次散步中。但一次意外打断了我的思绪，并使事态向着另一个方向发展。

1776 年 10 月 24 日，周四晚饭后我沿着林荫道走到绿径街，从那儿可以看到美尼蒙丹山的山峰，之后穿过葡萄园和牧场之间的小路，就可以到达夏若纳镇。这正好是两村交界之处，景色十分宜人。然后，我就返回并取道另一条小路穿过刚才的牧场。我自得其乐地欣赏着这片美景，这种田园之乐总能让我发现一些舒心的小景致，有时我会因为想观察青翠的林木而驻足。我发现了两种在巴黎附近极少看见而在此地却生长旺盛的植物：一种是复叶科的毛连菜，一种是伞形科的柴胡。这个发现让我极其开心，我花了好长时间沉醉于其中。当天的探索之旅最后还发现了一种更为罕见的植物，尤其少见于这种较高海拔地区，那就是水生卷耳。尽管当天发生了意外，我后来还是从当时随身携带的一本书中找回了它，并将之放入了我的植物标本集中。

最后，我仔细观察了其他几株正在开花的植物，它们的外形和性状都是我很熟悉的，这样欣赏它们让我乐在其中。而我也逐渐脱离开这些过于细微的观察，而投身于感受周围的美景带来的不仅愉悦而且让人心生感触之中。葡萄收获已在几天前完成，来自城里的游览者也已经回去，农民们离开了田地，不到冬季开工也不会再来。整片田野仍是宜人的绿色，但那些收割后和落叶后空空落落的部分，则显出一种孤寂的景象，预示着冬季的逼近。这种夹杂了柔和与悲伤的景色与我的年龄及命运如此的相似，我不由得触景生情。我眼看自己那清白而不幸的生活在倾颓，尽管灵魂仍保有活跃的思想，精神依然充实绽放如花，却已渐因悲伤而枯萎，因烦恼而枯竭。孤单且被弃绝，我感觉到第一轮冰霜般的寒意，我逐渐干涸的想象力无法满足心中的孤寂。我叹息着扪心自问：我在这世间做了什么？我为了生存努力地活着，而未能好好活过就要死去了。至少这并非我的错，而我将给我的创造者带去的祭礼，即便不是人们不许我完成的那些作品，也至少来自那些被唾弃的好心好意，被无视的真情实感，被人们蔑视的耐心奉献。我曾期待过得到回应，我曾回顾自青年以来灵魂的变化；而当我成熟了，自从我被迫与世隔绝，在这长时间的退隐生活中，我仍然尽力让我的人生有所收获。我能满怀喜悦地回忆起我内心曾感受到的各种深情、那些盲目而甜蜜的爱恋时刻、那些近几年来让我的精神得到滋养的各种快慰多于悲伤的想法。那时我曾一度沉浸其中，我预备好好地回忆一番这些时刻，用当时相同的喜悦感受来描述它们。这一下午就在这些让人愉快的沉思中度过，而当我结束了快乐的一天返回时，下面要讲述的一件事却把我从遐思中拖了出来。

当时大约六点钟，我正从美尼蒙丹山下来，走到快要正对着“风流园丁”餐厅时，走在我前方的人们忽然一下子散了开来，我便看见一辆豪华四轮马车和它前方一只巨大的丹麦犬正全速急冲，朝着我的方向扑来。当它看见我时，已经没有时间停下或者改变方向了。据我判断，唯一能使我避免被撞倒在地的方法就是我得高高跳起，而且要极准确地在那只狗刚好掠过身下的同时跃起在半空中才行。这个念头快如闪电般在我脑海中闪过，我当时既没有时间理智思考，也没有办法实施计划，这成了事故发生前我脑中的最后一个想法。我既没有感觉到被撞击，也没察觉到自己的跌倒，更不知道其后发生的一切，在我终于恢复意识清醒之后，我对之前的事儿简直毫无记忆。

等我恢复知觉时天已经快黑了，我发现自己正被三四个年轻人搀扶着，他们告诉了我刚刚到底发生了什么。那只丹麦犬没能够控制住急冲的势头，猛撞到了我的双腿上。它那巨大的体型和极快的速度立刻使我头朝前栽倒，因为当时正在下山，我倒下时头比脚更低些，落地时全身的重量都集中在了上颌，撞到了坎坷不平的粗糙山路上，因而我伤得更加严重。

那辆带着狗出行的马车紧随其后，如果不是马车夫立刻勒住了马，马车几乎要从我的身上碾过去了。这些过程全部来自那些把我从地上扶起，并且在我苏醒时仍然搀扶着我的好心人之口。而我自己在那时所处的状态则极为奇妙，我一定要好好地描述一番。

夜色渐浓，我还能看到天空，几颗星，一点

青翠的林木。苏醒后的第一感触让我颇为享受，我此刻才感觉到了自己的存在，从这一刻起我才拥有了生命，而我所察觉感受到的一切事物仿佛使我微不足道的存在更加充实了。当时我对任何事都没了记忆，对自身存在没有一丝一毫清晰的概念，对刚发生在自己身上的事一丁点儿印象也没有。我既不知道自己是谁，也不知道身在何处，我甚至感觉不到疼痛、害怕或者担忧。我看着自己的血像小溪一样流淌下来，根本没想到这好歹也是自己的血。我那时只觉得全副身心都处于一种让人陶醉的平静之中，之后每次回想起那种感受，都觉得它是其他乐趣无法相提并论的。

有人问我住在哪里，我却答不上来。我问我在哪儿，他们告诉我在高界街，可这就跟说我在阿特拉斯山一样毫无意义。接下来，就该按顺序问我所在的国家、城市、地区，可这些仍不足以让我回想起自己的身份来。从事发地一直走到了林荫道，我才终于想起了自己的住所和名字。一位我不认识的好心先生陪伴了我好一会儿，得知我住得那么远之后，他建议到圣堂去租辆马车送我回家。我走路走得挺顺畅，也很轻松，并没感觉到疼痛和伤处。尽管咳了不少血出来，而且冷得一直打哆嗦，同时刚才被撞过的牙齿便讨厌地咯吱作响。走到了圣堂之后，我想既然走路并没有什么困难，那最好还是像这样继续步行回家，免得待在出租马车里冻得要死。于是，我就这样从圣堂到普拉切路走了半里，走起来并不费劲，我避开了障碍物和车辆，转弯直行顺利得一如平常身体健康时所做的那样。终于到家了，我打开装在对着街面那扇门上的锁簧，摸黑着上了楼梯，终于进了自己的家门。再也没出别的什么意外，除了那场至今我仍然毫无记忆的摔倒事故以及其后发生的事。

妻子看到我后发出的尖叫声才让我明白过

来，我被蹂躏得比自以为的还要惨多了。当晚我还是没怎么感觉到疼，直到第二天才真正发现惨状和感觉到疼痛。我的上嘴唇里面全部裂开，一直到鼻子处，幸而外面还包着一层皮肤才没让它整个断为两瓣；四颗牙陷进了上颌里，脸上包着上颌骨这一块儿都瘀青肿胀起来，右手拇指扭伤肿得老大，左手拇指也伤得很重，左手臂挫伤，左膝盖也肿得老高，而且因为严重扭伤痛得无法弯曲。然而，尽管撞得这样一团糟，居然并没有哪一处是碎裂的，甚至连牙都没掉一颗，在这样一起摔倒事故中，这倒是一个不折不扣的奇迹。

这就是我这次事故的真实情况。极短时间内这件事就传遍了巴黎，但却被改变和歪曲得面目全非。其实，我本该早料想到这种歪曲事实的事会发生，只不过其中又掺杂了许多奇怪的状况：有好些阴暗的流言伴随着人们转述时闪烁其词、欲言又止的态度传播开来。人们向我提起这些流言时又带着怪里怪气、小心翼翼的神情。所有这些疑团都让我颇为担心。我一向最恨那些鬼魅伎俩，这么多年来我一直为其所苦，从不见其有所减少，一碰见这种事我便自然而然地感到恐惧。从这段时间内发生的怪事中，我只消举出一件来，便足以使人对其他怪事作出判定了。

警察局的中尉勒努瓦先生，我之前从未与之交往过，他却派了他的副手来向我通报消息，并提出好些建议，这在我看来并无助于纾解我的状况。但这位副手却十分积极地敦促我采纳这些建议，甚至说出假使我不信任他，也可以直接写信给勒努瓦先生的话来。他这副殷勤备至又似有隐情的神态，让我明白在所有这些事件背后，必然有某种我无法探知的秘密。此事让我大受惊吓，尤其是后来我因事故和随之而来的高烧导致头脑处于极为焦躁不安的状态中。

我心中有成百上千种悲观和担忧的揣测，这想必不该算是一个对万事都无所谓的人的冷静态度，而更该算作是我因高烧而引起的对周围发生事件的妄想吧。

另一件事情的发生彻底终结了我的安宁。有位奥姆瓦太太这几年来一直不断地来找我，我也猜不出原因何在。她经常毫无目的地到访，这可不让人觉得有趣，她还故作热心地送些小礼物。我总感觉其后必有什么隐秘的目的，但她却一直没有表露出来。她向我提起过想写一本书献给王后，我则告诉她我对于女作家们的看法。她告诉我这个计划是为了能够恢复她的身家地位，因为她需要有个庇护者，但我对此却无话可说。之后她又对我说，因为无法接近王后，她决定将此书公开发表。这个事情她可没有向我征询建议，何况就算我说了她也不会听从。她倒是说了在发表之前让我看看手稿，我请求她不要这么做，好在她果然没有这么做。

之后某一天，我正在养伤期间，收到了她送来的印刷完毕甚至已装订好的成书。而在序言里关于我有大段赞颂的文字，其用词之生搬硬套和虚情假意让我极为不快。那扑面而来的生硬谄媚背后，带来的绝非什么好心善意，我的心在这点上断不会出错。

几天之后，奥姆瓦太太和她的女儿一起来看我。她告诉我，由于一条注释她的书引起了很大轰动；我之前只快速浏览了一下并未注意到这条注释。等她走后我重读了一遍，研究了其措辞，我相信终于找到了她那些频繁拜访、甜言蜜语、序言中的大力吹捧等所作所为背后的动机：我断定她做这些别无其他目的，就是为了让公众以为那条注释出自我的手笔。如此一来，当此书付梓后，可能带给作者的一切责备就都将归咎于我了。

我没有任何办法去消除可能会出现的议论和

影响，唯一能够受我掌控的，也不过是不再忍耐奥姆瓦太太及其千金对我持续不断进行的、别有目的且毫无益处的拜访。为此，我写了一张便条给这位母亲：

卢梭不在家中接待任何作家，谨此多谢奥姆瓦太太的好意，请勿再屈尊来访。

她给我回了一封信，表面上看还颇为真诚，但实质就像在类似情况下人们写给我的其他信件一样变了味儿。我在她敏感的心上残忍地捅了一刀，从这封信的口气来看，我还真应该相信她对我保持着如此强烈真挚的情谊，以至于这次绝交让她简直受不了，痛不欲生。世情如此，在这个世界上，对一切事物保持正直坦白就是可怕的犯罪，就因为我不像同时代的人那样虚伪狡诈，这在他们眼里倒显得我恶毒冷酷了。

我已经出了好几次门了，甚至经常到杜伊勒里宫去散步。当看到好几个碰见我的人都一脸惊异时，估计又是有什么我不知情的、与我有关的其他新闻了。后来，我终于了解到人们都在传说我摔死了，这个流言传播得如此之快且那么逼真，以至于在我本人已得知此事的半个月后，国王和王后竟还把它当成真事来议论。据关心我的人写信告诉我，《阿维尼翁邮报》早已通报了这一好消息，并借此机会以悼词的形式，抢先发表了人们对我的死亡致以的一片侮辱和咒骂之声。

这条新闻之后又发生一件更加离奇的事情，我也是偶然得知，但并不了解任何细节。那就是，有人在同时还公布了一份许可函，要出版在我家中找到的手稿。我此时才明白他们早已特意炮制了一本文集，只等我一死就将之扣在我的头上。要期望这些人能按他们找到的东西忠实地发表，对于一个明智的人来说简直是个笑话，过去十五年的经验让我从未抱此奢望。

这些事情接踵而至，还有更让人吃惊的事紧随其后，再一次惊起了我本已变得平淡的想象力，所有这些围绕着我不断加强的鬼魅伎俩又让我感受到本能的恐惧。我已经疲于对此做出百般推测，也不再去竭力弄明白人们对我所做的这些不可解释的神秘之事。

所有这些谜团导致的唯一确切的结果，就是让我更加确认之前所做出的结论。要知道我本人的命运以及我的名誉已被这一代人一致盖棺定论，我的任何努力都没有用，无法摆脱那些意图破坏之人的魔掌，他们不可能让我把自己的所思所得传给后代。

但这一次我想得更深远一些了。这么一大堆的意外事件，而我最残酷的敌人们却因为所谓的命运眷顾而步步高升，所有那些掌握权柄的人，那些引导公众舆论的人，那些身处要职的人，那些从对我怀有莫名憎恨的人中精心挑选的骨干们，他们都为了推进同一个阴谋而团结一致。这种团结实在太过超乎寻常，绝非单纯的偶然。只要有一个人拒绝成为他们的同谋，有一件事与其计划背道而驰，有一个意外状况成为他们的阻碍，都足以使他们的阴谋失败。然而，所有这些意愿、厄运、天命和变故却更加巩固了他们的这一杰作，这如同奇迹一般惊人的协同作战让我不禁相信，它的成功应该是由更永恒的意旨决定的。好好观察这些过去和现在发生的事实，都能证实这个想法；我不得不要将它们视之为人类理智无法解释的天意所为，而并非我之前认为的仅仅出自人类的恶意。

这个想法远未让我觉得残酷和悲痛，反而使我得到慰藉，让我平静下来，帮助我顺从天意。

我并非像圣奥古斯丁[①]那样高尚，认为只要是上帝的意愿，便心甘情愿遭难。我的顺从之初衷，说真的，并不是那么的公正无私，但却同样纯洁，而且在我看来，这与那些我敬爱的完美的人儿更加相称。

上帝是公正的，他想要我承受苦难，而他知道我是无辜的。这是我有自信心的原因，我的心和理智都大声告诉我所信的并无错误，就让那些人和命运去折腾好了，只要学会无怨无悔地承受苦难，一切人、物最终都将各归其位，我的那一天也迟早会来到。

① 圣奥古斯丁（354—430），古罗马帝国时期基督教思想家，欧洲中世纪基督教神学、教父哲学的代表人物，著有《忏悔录》《论三位一体》《上帝之城》《论自由意志》《论美与适合》等。

CHAPTER 3

漫步三

“我虽日渐衰迈，却始终学习不辍。”

这是索隆[①]晚年时经常反复说的一句话。从某种意义上来说，我倒是也能在晚年说同一句话。但这20年来，我所得到的经验却恰恰告诉我一条可悲的道理：无知倒是更可取些。逆境也许会是伟大的老师，但必须付出沉重代价才能得到教训，而且经常得不偿失。另外，往往在人们从这姗姗来迟的教训中有所收获之前，适宜运用这些收获的机会已稍纵即逝。青年时期是用来学习智慧的时候，老年时期是用来实践的时候。经验总能使人受益，我承认，但它也只能趁我们面前还有时间时才能发挥作用。当我们接近死亡，这还会是学习怎样生活的时机吗？

我是历经痛苦才如此晚地获得认知，了解到那些关于我的命运以及造就这一命运的人们的

① 公元前6世纪雅典执政官。

情感，如今它们对我还有什么用处呢？我是学会了更好地理解人类，但这只能让我更深刻地感觉到，他们让我处于怎样一种悲惨的境地。

这种认知向我揭示了他们的所有陷阱，却没能让我避开其中任何一个，我多希望能始终怀着那份愚蠢而甜美的信任啊！多年以来的这份信任，使我成为那些吵闹的朋友们的猎物和玩物，我被他们的阴谋包围着竟没有一丝怀疑！我是受了骗，成了牺牲品，真是这样，而我此前还自认为他们是爱我的，我的心中满是喜悦，因为他们对我保持的友谊，也因为自己对他们付出了同样的情谊。现在，这些甜蜜的幻觉都破灭了。时间和理智揭示了这个可悲的事实，这让我感到了自己的不幸，让我看出了自己对此已无计可施，只能听天由命。于是，这些随年纪增长的见识，对改善我目前的状况并没有什么用处，对将来也毫无裨益。

我们自出生起便犹如进入了一场赛马比赛，死亡时才能解脱。但都快到了赛道终点，才学会更好地驾驭马车还有何用呢？那时唯一需要思考的只是怎么从竞赛中脱身而已。如果一个老人还剩什么要学习的，那只有学着如何死去，而这正是在我这个年纪的人很少去想的，我们什么都会考虑，只是除了这一点。所有老人都比孩子们更珍惜生命，也比年轻人更不乐意抛开生命。这是因为，他们为了这一生付出了所有的心力，而在即将结束时，他们明白自己将失去所有通过劳苦而得来的心血。他们所挂心的一切的、所有的财产——全部的殚精竭虑、通宵达旦辛苦获得的成果，在他们离世时都会失去。其实，既然死时什么都带不走，活着时也就不需要想着去争取任何东西了吧。

我倒是在该明白的时候明白了这些。假如说，我并没有好好运用反思的这些道理，我的错处也不在于没能及时用上，或者没能好好地理解消化。从孩提时被丢进这个纷繁杂扰的世界起，我早已凭借经验明白，我与这世界格格不入，永远也不可能达到我的心灵所渴求的那种状态。于是，我停止在人群中寻找那份我觉得已不可能找到的幸福感：而我炽热的想象力已超脱出这个让我的生命举步维艰的空间，仿佛已置身于一个陌生的地界，期望着能让自己安定下来，心灵平稳。

这种感觉源于孩提时所受的教育，而充满了我整个一生的一连串悲剧与不幸，更使其得到了巩固。它让我用任何其他人身上都找不到的兴趣与细致，无时无刻不在寻求着，去理解我本人存在的本质意义和目的。我见过很多比我更明理博学的人，但他们的哲理，对理解自身来说，可以说是很不相干的。为了比别人更有知识，他们去研究宇宙以了解它的组成结构，就好像他们在一眼瞥见某台机器时，会因为单纯的好奇心而去研究它一般。他们研究人性，是为了能够头头是道地谈论，而不是为了了解自己，他们的研究是用来教育别人，而并非充实自己的内心。他们当中还有好些人，只想着出一本书，只要受欢迎，随便什么书都行。等他们终于完成并出版了该书之后，对其内容也就一点儿不感兴趣了。除了要使人接受这书时，或在被抨击的情况下为其辩护，剩下的他们也不在意了。既然不能从中得益，只要无人驳斥，他们也不操心书的内容是真是假。而对我来说，我渴望学习，是为了了解我自己，而不是为了去教别人；我一直相信，在能教育别人之前，首先要为了充实自己而掌握足够多的知识，而所有那些置身于人群中、尽力做出的研究，没有一丁点儿是我不能同样地、在一个可能让我度过余生的孤岛上独自做成的。我们应该做什么取决于我们相信什么，而在那些与本质需求无关的东西之外，我们的信念就是行动的原则。

这是我一直坚守的原则，在它的指导下，我频繁地、长时间地追寻着生命的真正意义，以便用它来指导我的人生。很快意识到在这个世间根本找不到这种真意时，也就只能对我的无能为力自我安慰了。

我出生在一个深受道德品行和虔诚信仰所影响的家庭里，随后又被一位充满智慧和笃信宗教的牧师悉心教养长大；我从幼年起就接受了那些被其他人称为偏见的各种信条和准则，从未完全放弃遵守它们。孩童时无人照管，被关爱所引诱，因虚荣而迷惑，被期望所诱骗，因有需要而被强迫。我曾经做过天主教徒，但此后一直是基督徒，并很快因习惯而受益，得以真心实意地喜爱我的新信仰。华伦夫人的教诲和亲身示范更加深了我的眷恋。我的青葱时代在孤寂的乡野度过，我完全投身于对一些好书的研究中，因此越发加强了我对真情厚谊的自然而然的渴望，并让我变得虔诚如同费奈隆[1]一般。隐居生活时的沉思，对自然的研究，对宇宙的观察，都迫使一个独居者毫不停歇地直奔万物的创造者，带着轻微忐忑的心情，探寻他所见一切事物的结局，还有他所感觉到的一切事物的起因。而当我被命运抛回人世的激流时，我再也找不到任何东西给心灵以片刻满足了，我处处感到遗憾，失去了从前那些美好的休闲时光，而对现在触手可及、所谓能带来财富与幸福的活动却表示出冷淡和厌倦。不确定自己焦躁不安地渴望着什么，我期望的不多，得到的更少，我觉得就算看到幸运闪光，以为已经得到所追求的一切时，我也不会找到那种全心渴盼、却无从分辨的幸福。于是，所有的事物都切断了我对这世间的情意，甚至早于那些事件发生之前，就是这些事情使我变成了完全的陌

① 费奈隆（1651—1715），法国作家，教士。因崇尚寂静主义，为当时的路易十四所不容。

路人。到了40岁，我一直在贫困与富有、理智与迷乱之间浮沉不定，虽然心中没有为恶之意，却也染上了一身的坏习惯；毫无理性原则、随心所欲地活着；对自己该尽的责任漫不经心，并非因为轻视，只是常常不太了解这些责任而已。

从年轻时起，我就决定把40岁当作一个期限，要努力成名并实现各种抱负。一旦到达这个年龄，不论处在怎样的状态，我都会果断地决定，不再为脱离这种状态而挣扎，也不再为未来担忧，要顺其自然地度过余生。这一时刻到来了，我就毫不费力地实践了这个计划。但我的命运似乎想要我选择更稳定的状态，我却不仅是毫无遗憾，甚而是满怀真正喜悦地放弃了这个选项。放弃了所有那些诱饵，放弃了所有徒劳无益的希望，我毫无保留地投身于一种漫不经心的生活中，让精神得到休憩，这才是符合我最大喜好和最长久脾性的方式。我放弃了这个世间的浮华，抛开所有那些饰物，不再有佩剑、怀表、白色长筒袜、金闪闪的首饰、精致的发型，仅仅戴一顶简朴的假发，披一件舒适宽松的呢绒外套。更妙的是，我把心中的贪婪和欲望连根拔除，正是这些贪欲使得那些被我抛弃的俗世之物显得无比珍贵。我还辞去了那时的职位，本来我就一点儿也不称职，然后我就着手开始抄写若干乐谱，这可是我一直非常有兴趣的工作。

我的改变并非仅局限于外表。我认为，观念上的改变甚至可能会更辛苦，然而也是更必要的。我决心要一次性改造到位，于是，开始对自己的内心进行严格的审查，以便在余生里好好地调整心态，达到所希望的在死亡时能获得的那种理想状态。

我身上刚刚才发生了一场巨变，另一个不同的精神世界才在我面前露出真容。虽然无法预料到在人们那些离奇的评说下，我会成为怎样的受害者，但我已经开始感觉此事的无比荒诞；我才获得的一点文坛上的薄名恰如过眼云烟，让我感到厌倦，而比起这个，我更有一种不断增长的需求，要建立不同于这点虚名的另一种成就；我还渴望着为余生做出规划，走出比之前的大半辈子更确定的一条新路；所有这些都迫使我要好好地自我审视一番，这也是长久以来我感觉自己所需要做的。于是，我开始了这番自省，而为了它的顺利实施，所有一切与我有关的事，我都不会忽略。

就是从这个时候起，我开始完全与世隔绝，而此后也再没有放弃过这种对孤寂生活的强烈爱好。我正在进行的工作只能在这种完全隐僻的状态下进行；它需要长期且安静的沉思默想，这是喧嚣的俗世无法容许的。这项工作迫使我在一段时间内采取了另一种生活方式；而我感觉如此美妙，以至于后来我虽然被迫中断了一段时间，但很快又全身心投入并轻而易举地找回当初满足的状态。后来，当人们逼迫我离群索居时，虽然他们意图困住我、让我生活悲惨，但我发现，他们反而使我获得了单靠自己无法达成的幸福状态。

意识到事情的重要性，本身也感到有此需要，我以一种相当的热情投身于我之前就已着手做的工作中。我那时和一些现代哲学家们生活在一起，他们与古代哲学家真是毫无相似之处。他们不是消除我的疑惑、坚定我的信念，而是动摇我对自己本以为最需要了解的事物所持的一切坚定不移的观点：因为他们是热情的无神论传播者、专横独断的教条主义者，他们不能心平气和地容忍有人胆敢在任何一点上与他们的观点不同。我总是不善于出于愤恨而在争论中自我辩护，也没有辩才去坚持自己的立场，但我从未接受他们那些让人不快的教义，而我的这种抗拒对那些自有看法、偏执的人来说，未尝不是招致他们憎恨的不小的原因之一。

他们并没能够说服我，但让我感到了忧虑；他们的论据并没让我完全信服，但却使我产生了动摇。我觉得，应该存在一个正确的答案，但我却找不出来。在此事上，与其说是我犯了错，还不如说我只是单纯的蠢罢了，因为我的心已经比理智更好地回答了他们。

于是我问自己：难道我就这样、永远任由自己在这些辩论家的诡辩中摇摆不定吗？而其实我还不确定他们大力宣传、无比热情地向别人鼓吹的观点是否来自他们自己呢？他们的情绪支配着他们的教义，使他们十分关注让人相信这相信那，这倒使得别人无法看透他们自己到底相信什么了。我们能在那些政党领袖们身上找到诚意吗？他们的哲学是为别的东西而设的，我需要属于我自己的哲学。现在正是为我的余生确立一条行为准则的时候，让我们来尽力寻找吧。我现在年龄正趋成熟，智力正处巅峰，但我很快就将接近暮年了。如果再等下去，我将无法在迟来的深思中用上全心全力，我的才智将会失去活力，我现在能尽全力做好的事，那时就未必能做了；让我们抓住这个绝佳的时机吧，此时我不但要完成对自己外部的、物质方面的改造，同样也有对精神的、心理方面的改造。让我们就此确定我的观点、我的原则，希望在余生里，我能成为经过深思熟虑之后应该成为的那种样子。

这项计划我执行得十分缓慢且几经反复，但我尽一切努力、尽我所能地专心而为。我强烈地感觉到，我余生的安宁和我整个命运都依赖于此。我先是觉得，自己如同身处迷宫，满是障碍、困难、异议、曲折、阴影，我屡次想要全盘放弃，抛开那些徒劳无益的探索，考虑着不如遵从世俗的谨慎处世原则，而不再去追寻那些我实在搞不明白的原则了吧。但即便是这种处事谨慎的原则，在我看来也着实奇怪，我觉得自己不适合掌握它，更不愿意拿它当作处世的方针。那样的话，就像是在狂风暴雨下的茫茫大海中，没有舵、没有罗盘的情况下，寻找一盏无法接近，也不能指明任何港口的指路灯一样。

我坚持住了：平生第一次鼓足了勇气。而正是这次成功，使得我承受住了其后可怕的命运捉弄，它从那时起就已将我团团包围，而我却从没有产生一丝怀疑。在经过了任何人都无法做到的最最狂热、最最诚挚的探寻之后，我终于确定了一生中对一切事物所应持有的看法，而如果我的答案出错了的话，我也确信这种错误不该被视为罪过，因为我已尽力确保自己没有犯罪。我并不怀疑，真的，童年时形成的偏见和内心隐秘的期望，会使判断的天平更倾向让我感到安慰的一边。我们难以避免地相信自己热切渴盼的东西，而到底是该接受还是排斥那些对于来生的见解？谁又能怀疑，对这些见解的兴趣不能够决定大部分人对所期望和担忧之事的信仰呢？所有这些都可能是我判断失误，我承认，但绝不会改变我的决心：因为我生怕在任何事情上出错。如果一切问题都能归结为要如何度过一生的话，那我是一定要弄明白这点的。趁着还有时间，至少好好利用属于我的这辈子，而不是糊里糊涂地度过。但身处我所在的这尘世间，我最担心的就是因为人间这些在我看来从无太大价值的享乐，而让我的灵魂承受永远的厄运。

我承认，我并不是总能够圆满解决所有那些困扰我的难题，那是一些当代哲学家们都絮絮叨叨、翻来覆去谈到的难题。但是，我最终下定决心，致力于那些就人类智慧而言极难掌握的方面；即便发现到处都有难以解开的奥秘和无法解答的异议，我也并没有在这些无法解决的非难面前停下，而是在每个问题上都采取自己认为最能站得住脚、本身也更可信的见解，那些非难则会被其对立面提出的同样强势的观点驳斥。只有那些江湖骗子，才适合使用断然的口吻来表达对这些问题的意见，而最重要的是，人要有自己的看法，并且根据对此成熟的判断，作出最后选择。这样的话，即便我们犯了错，我们也能接受公正合理的责罚，因为我们并未真正犯下罪过。这条不可动摇的原则便是使我安心的基础。

我这些辛苦探索的结果，与在《萨瓦助理司铎的信仰自由》[①] 一书中记录的内容大意相符，这本书被当代之人卑鄙地糟蹋和亵渎了。但它总有一天能引起一场变革，只要真理与信义还能重现。

从那时起，我在经过长期反复的沉思后所采用的原则中静下心来，我根据自己的信念和品行，确定了坚定的处事原则，不再担心那些我无法解决或无法预料、时不时层出不穷地在脑中翻

---

① 该文于 1762 年收入《爱弥儿》一书中发表，卢梭于文中表达了与狄德罗等人的无神论完全不同的宗教观点。

腾的非难了。虽然它们有时会让我忧虑，但再也无法使我动摇。我总是思忖着：所有这些非难，不过是些形而上学的诡辩罢了，对于我经过理智判断而采用的基本原则来说毫无分量，我这些原则可是通过心灵确认，情绪平静时在内心留下了认同印记的。对于那些超出人类智慧的问题，仅仅一个无法解答的非难，就能推翻我建立的一整套理论体系吗？须知这套理论体系是如此稳固、联系紧密、经由百般思虑与谨慎而形成，与我的理性、我的精神，乃至我整个存在本身的认知都极为契合，并得到了在其他问题上都未曾有过的内心的赞同。不，我察觉到，在我的永恒天性和这世界的构成以及支配这世界的秩序之间存在一种契合，这种契合绝不是某些徒劳无功的争辩所能破坏的。我在与之相应的精神秩序中找到的依靠，正是我所需要用来度过人生种种磨难的，而这种精神秩序体系的构成，正是我种种探索的结果。如果处于别的思想体系中，我大概会生无所依、绝望而死，我将会是最最不幸的人。就让我坚持这唯一足以使我幸福的体系，不受命运和他人的摆布。

这番深思以及我从中得出的结论，仿佛冥冥之中自有天意，是天意让我随时准备好面对即将到来的命运，并让我得以坚持下去吗？假如它没有让我得以逃离那些无情的迫害者，这世间的人们使我蒙受的耻辱也将没有报偿，我本应获得的正义也会毫无希望，我只能眼睁睁地看着自己完全坠入这世上任何凡人都不会经历的、最可怕的厄运之中。如果这样的话，那在面对这些可怕的焦虑和余生都将身处其中的难以置信的环境下，我已经成了什么样子呀，我又将会是何等模样呢？我曾经无知而安心地以为自己在人群中受到重视和关怀；当我敞开心扉、充满信任地向朋友和兄弟们诉说心声时，叛徒们早已用地狱深处铸就的魔网将我紧紧缠住。对于一个骄傲的灵魂而言，这些未曾预料的可怕的灾难，是多么让人吃惊啊！我被踩进烂泥里，却不知被谁或是为了什么；被淹没在耻辱的无尽深渊中，周围到处是可怕的阴影，从中只能隐约察觉到一些阴森的东西。我一开始吃惊也沮丧到了极点，如果不是我事先就具备了从失败中重新站起来的力量的话，我就再也无法从这种不曾预料的灾难的打击中恢复了。

经过了几年的躁动不安，我才终于重拾意志、回归自我，我意识到了，我曾针对厄运所储备的精神力量是多么可贵。对所有需要加以判断的事都有所决定，经过对我的处事行为准则和我所处的状况做了一番比较之后，我发觉，我太过于重视人们的荒谬评价和短暂一生中的那些小事件了。人的一生不外是一系列的考验，考验是这种或那种类型都无关紧要，只要它们能达到应有的效果。因此，这些考验越大、越困难、数量越多，对于那些成功地经历过的人就越有益处。对于那些能从困难中找到巨大的、确实的回报的人来说，所有深切的痛苦也就失去了威力，而这种确定的回报，正是我从之前的种种深思中取得的主要成果。

没错儿，处于无数污蔑和毫无分寸的侮辱之中时，我觉得简直要被无处不在的羞耻压垮了，忧虑不安夹杂着怀疑不解，时不时地动摇着我的希望、扰乱我的平静。我已经不堪命运的重负，而那些之前我就无法解决的各种有力的非难，又恰在此时再度出现，要完成对我的最后一击，我已准备陷入消沉之中了。我本已经苦恼不安，还时常听到人们为了证明自己的观点而提出新的论据，折磨我的精神。啊！我心痛无比，几欲窒息，我问自己：谁能使我免于绝望？如果在这可怕的命运里，我看到的理智给我的慰藉只不过是些幻象？如果我的理智破坏它自己的杰作，又推翻了它曾给予我、支持我度过逆境的希望与信心呢？在这世上只能安抚我一个人的幻想，算什么支持呢？在只有我赖以为生的那些观点中，而今整整一代人看到的却只是谬误和偏见，他们在与我截然相反的体系里，找到了真理和依据；他们甚至根本不相信，我是出于诚意接纳了那种体系，虽然全心投入其中，仍发现了一些难以克服的、对我来说无法解决的困难，但这并不能阻止我继续坚持探索下去。难道我会是所有凡人中唯一的智者、唯一的有识之士？只要万事合我之意，我就能相信世事本该如此吗？如果我的心都不支持我的理性思维，那些在我自己看来犹如幻象，而在其他人看来一点儿也不可信的东西，我还能对之报以信心吗？打击那些迫害我的人最好的方式，不就是运用他们自己的准则而非坚守自己的准则吗？否则将被他们攻击、折磨、毫无抵抗之力。我自以为聪慧，其实只是个傻子，一个无谓的错误造就的牺牲品和陪葬品罢了。

有多少次身处这种怀疑与忧虑时刻，我都快要自我放弃、陷入绝望了。只要我有一整个月经历这种状态，我这一生和我这个人就注定完蛋了。但这些危机，尽管之前发生得还相当频繁，但总算比较短暂；而且现在我虽然还未完全解脱，但它们已相当少见了，并且总是短暂得甚至无力扰乱我的安宁。这些已无法触动我灵魂的些微忧虑，就像落在河中的羽毛无法改变水流的方向一样。我曾感到，对我以前已经确定的观点进行重新的思考，也许能带给我一些新的启迪，或是更成熟的判断，或是之前没有过的对探索真理更多的热忱。然而，这些情况都没有在我身上出现。我应该没有任何靠得住的理由，去更偏向于那些在我绝望沮丧时只是给我增加了痛苦的观点；而竟然放弃那些见解，那些在年轻力壮之时、精神成熟时期、经由反复思考核验，而且处于生活平静、除了追求真理别无其他兴趣之时得到的见解吧？现在，我的心中充满伤痛，灵魂沉浸于烦恼之中，想象力受到惊吓，头脑被身边围绕的各种谜团扰乱，而今我的所有才能也因衰老和烦恼而失去了活力；但难道我就会随意地抛开好不容易积累下的种种成果，去相信让自己遭遇不公正灾难的那薄弱的理性，却不信任更圆满而有活力的理性？而且后者还可以补偿所有我本来不应该承受的不幸！不不不，我并不比对这些复杂问题下决断的那个时候更聪慧或更有见识，或更真诚；我并不会忽视那些今天困扰着我的难题；它们从前无法阻止我，而假使现在又出现了什么我们没有预料到的新难题，那也不过就是些巧妙的、形而上学的诡辩罢了，它们不可能动摇在任何时代、被所有智者承认、为所有民族知悉并铭记于心、无法抹去的永恒真理。我在思考这些问题时认识到：人类的理解力受见识所限，无法掌握所有领域。我也只能重视那些在我力所能及范围之内的东西，而不去涉足超出范围的事物。这个方法是合理的，从前我就坚持这样做，而且我的心和理智都一致赞同此举。今天有这么多强大的理由让我应该坚持，我又要因为什么而放弃呢？坚持会有什么风险吗？如果放弃我又会得到什么好处？接受那些迫害我的人的主张之后，我是不是还要进一步接受他们的道德观？他们这种无根无据、也无结果的道德观，要么在书中和耀眼的舞台上浮夸地卖弄一番，却并不能打动人心或使人相信；要么用另一种隐秘而残酷的道德观，以及仅自己人知道的内部教义作为行动准则，而前者仅仅是表面的掩饰而已。他们这种观点和行动准则，倒是颇为灵活地用在了我的身上。这种道德观纯粹是侵略性的，没有一丁点儿用于防御，只适用于攻击骚扰。他们已害我至此，这种道德观还对我有何用？我唯一所剩的清白无辜，便是在灾难中对我唯一的支撑，如果我抛开这唯一但却有力的救星而代之以恶意，我又会让自己陷入何等不幸的境地呢？我怎比得上他们那些害人的技巧，即使我能成功，却给别人造成痛苦，我又怎样去宽慰自己的痛苦呢？我将会失去自尊而什么也得不到。

就这样，在自己和自己理论之后，我终于不再任由自由的原则被动摇，被那些貌似有理的论据、那些无法解答的非难，以及那些超过我所能，或许也超出人类思想能及的困难所动摇了。我自己的思想，现在正处于我能给予它的最稳定的境地，渐渐习惯了在我的道德心的保护下休养生息，任何奇怪的、或新或旧的学说，都无法有一刻干扰、搅乱我的安宁。我的精神陷入了萎靡迟钝的状态，已经忘记了经由怎样的论证，建立了我的信念和准则；但永远也不会忘记我从中得出的、由道德和理性一致认可的结论，从今往后我都将坚持下去。就让那些哲学家们来吹毛求疵地反对吧，他们只是在浪费自己的时间和力气。我的余生，在任何情况下都将坚持如此，拿定了当初选择好的正确主意。

在这样的举措中安静下来，我心满意足地找到了当前情况下我所需要的希望和慰藉。然而，在这样一种完全的、持久的，同时又悲哀的孤寂中，与我同时的整整一代人始终抱持着对我棘手而激烈的敌意，对我施加它所带来的羞辱，不断地对我进行着攻击，我时不时地会被打击到希望破灭，那些令人沮丧的疑虑又时不时动摇我的灵魂，让它充满忧伤。那时没有什么精神活动能让我安心，我需要回忆起以前的决定；回想起做决定时缜密、专心而真挚的心思，这给了我自信心。我就这样摒弃了所有新的观点，它们就像是些致命的错误，外表虽然美丽，却只擅长于扰乱我的安宁。

我就这样局限于旧有见识的狭窄范畴里，不像索隆那样幸运，日渐衰老而学习不辍，我甚至还得避免那种危险的自尊心，那种想要学习我从现在起已不能很好掌握的东西的心情。但如果说还剩下少许我希望获得的、有用的知识的话，现在对我特别重要的，就是依据自己的状况在德行方面进行必要的修正。此时正是用将来灵魂能带走的东西来丰富和充实我灵魂的好时机，等到抛开这具使它盲目、让它受阻碍的臭皮囊时，当看到被蒙蔽的真相，灵魂会发现我们这些虚伪的智者们是多么无能，而他们的见识是多么可悲，它会因我一生中为了获得这些见识而浪费的时光哀叹。但耐心、温和、顺从、正直、不偏颇的公正，是人们能带走的财富。人们可以用之不断充实自己，不用担心死亡使其丧失价值。我把晚年所剩的时光，都投入这项独一无二并且有用的研究中去。如果通过自身的进步，我在离开人世时，即便不能变得更好——因为那是不可能的——但能比来到人间时更有德行，那也是一件幸福的事情。

CHAPTER 4

漫步四

在我现在还偶尔一读的少许几本书中，普鲁塔克[1]的那本是我最为喜爱且从中获益最多的。这是我童年时读的第一本书，也将会是晚年的最后一本了。他几乎是唯一一位我每读一次都有收获的作者。前天，我在读他的伦理学论著《如何得益于敌人》一书。而同一天，当我在整理一些作者寄给我的小册子时，突然发现了罗西埃神父的一篇日记，他在标题下写出了这样的文字“献给献身于真理的人们—— 罗西埃”。我太了解这些先生们的措辞了，不会在这一处误读，我明白，他是想借用这种礼貌的语气，向我表达残忍的反话：但是凭什么？他为什么要这样讽刺我？我到底给他留下了什么话柄？为了好好运用好人普鲁塔克先生传授的知识，我决定在次日的散步

① 罗马帝国时代的希腊作家、哲学家、历史学家（约公元 46 年—120 年）。以《比较列传》，又称《希腊罗马名人传》一书闻名后世。

中，就谎言一事仔细反省一下，我已决定按照德菲尔神庙说的那样："要有自知之明。"但我确信，这句箴言可不像我在《忏悔录》中以为的那样，那么容易做到。

第二天走在路上时，我就贯彻了我的决心，第一个想起并让我深思的，就是少年时说过的那个可怕的谎言，而这段回忆困扰了我的一生，直至晚年，它依然让我已饱受煎熬的心为之难过不已。这个谎言本身已经是一大罪过了，而它带来的后果可能引发出更大的罪过，我虽并不知情，却因内疚而将之想象得尽可能的残酷。然而，细究我撒谎时的心态，这个谎言，其实仅仅是不应该的羞耻之心所引发的结果，绝对没带有一点点想要毁掉那个受害人的意图。我可以对天发誓，在那无法克制的羞耻感抓住我的那一刻，我本应该乐意用生命去换取一切后果并独自承担的。这是一种我无法解释的类似发烧昏迷的状态，我只能说，就像当时我感觉到的一样，就在那一刻我天性中的羞怯，压制住了心中所有的意愿。

这桩不幸事件的记忆，以及始终不能平息的悔恨，使我对谎言感到恐惧，并在此后的一生中，都让我的心灵避免再犯此恶行。当我选定这条座右铭时，我认为自己还是能配得上它的，并且当看到罗西埃神父的那句话而开始更严格地自省时，我也并不怀疑自己无愧于此。

然而，经过更审慎的自我审查之后，我惊讶地发现，我其实编造了许多的事情，却把它们当作真事来讲了。而讲的时候，因为自豪于自己对真理的热爱，我还觉得，自己是以世上无人能及的公正态度，为了追求真理而牺牲了安全、利益乃至自己本身。

而更令我吃惊的是，在回忆这些编造的事情时，我却没有感觉到任何真正的悔意。我这么一个惧怕虚伪谎言的人，心中却没有一点儿动摇——我这么一个，如果需要用说谎来逃避痛苦，反而宁愿面对痛苦折磨的人——那么究竟是因为怎样的前后矛盾，我会毫无必要、毫无益处，竟像这样满心欢喜地撒起谎来了呢？又是怎样不可思议的矛盾，让我完全感觉不到一丝后悔，对于我这么一个，因为一个谎言而不停受了五十年折磨的人？我从不曾对自己犯过的错表现得冷酷无情，道德本能始终约束着我的行为，我的良心也保持着完整如初；而即便良心因屈从于利益而有所转变，可在人因受感情驱使、至少还能用软弱来自我辩护时，良心尚且能保持公正；却在一些无关紧要的事情上，且此种恶行找不到一点借口时，良心竟然偏偏失去了公正性吗？我意识到，能否解决这个疑问，取决于我在这一点上对自己所持的判断是否公正。而经过仔细的思考之后，我终于能够对自己作出解释了。

我记得曾经在一本哲学书上读到过，撒谎是

为了掩盖人们应该揭示的真相。按照这条定义来说的话，对人们并非不得不说的真相保持缄默，这就不是说谎了；但在类似情况下，有人不但没有说真话，反而说的完全相反，那么，他是撒谎还是没撒谎呢？根据这个定义，我们不能说他撒了谎。因为，如果他并不欠某人钱，却给了这人一枚假币，那他只是愚弄了这个人，大概可以这么说，但他并未窃取什么东西。

这里有两个问题需要研究，彼此都十分重要。第一个问题是：我们有责任在何时以及怎样告知别人真相？因为我们并非总是有义务要这样做。第二个问题是：是否存在一些情况下，我们能够做出善意的欺骗？这第二个问题，答案是确定的，我了解得很清楚。虽然那位作者对最严厉的道德观嗤之以鼻，却在书中对此做出了否定的回答。然而，把书中的道德观视之为无法实现的空想的社会价值观，却给出了肯定的答复。就让那些权威们去自相矛盾吧，我试着用我自己的原则来解决这些问题。

普遍和抽象的真理，是所有财富之中最珍贵的。缺少它，人类就像瞎子一样，它是理性的眼睛。正是通过真理，人才能学会做人，成为应该成为的样子，做应该做的事，成就自我。而特别的、个人化的真相，却并不总是一种财富，它有时是有害的东西，更常见的情况下，是无足轻重的东西。那些对一个人来说必须要知道，而且是否知道对此人幸福极为重要的事情也许并不太多。然而，即便数量有限也是属于这个人自己的财富，不管在哪里找到它，这个人都有权索要；而别人不能侵占它，否则就是犯下了最不公平的盗窃罪。因为，如果有人把这件事情公布出来，那对所有得知此事的人来说，这就成了公共的财富，从而剥夺了原主的权利。

至于那些既无教育意义又无实用价值的真

相，既然不能作为一种财富，它们又怎会成为有必要告知别人的义务呢？而一种财产，要建立在它有用的基础上，如果没有任何用处，那它也就不能成为财产了。人们可以索要一块土地，即便它很贫瘠，因为他们至少可以住在这块土地上；但一件毫无用处的事实，对任何人而言都无关紧要，其是真是假，后果也不会影响到任何人，那么谁也不会对它感兴趣。在道德层面上，没有什么东西是无用的，肉体层面上同样如此。如果一样东西是对谁都没用的，那没人会亏欠别人这样东西；要让人亏欠别人什么，那这样东西必然本身是有用的或能够被利用上的。这样说来，亏欠别人的真相，一定要能吸引正义的目光，而如果用它来指的是那些存不存在对任何人都无关紧要、了不了解都无益处的事情，那简直是对“真相”这个神圣名称的亵渎。一项毫无用处甚至是连可能存在的用处也没有的真相，就不能成为理应告知他人的义务了。于是对此保持缄默，甚或是加以修饰，并不算是撒谎。

但是，这种完全的贫乏到从各个方面来说，对任何人都毫无价值的真相真的存在吗？这就是另一个要讨论的话题了，我等会儿再来谈它。现在，我们来看一下第二个问题。

不说出什么是真的，和说出什么是假的，这是两件截然不同的事情，但却可能导致相同的效果。因为，如果它们没有造成什么影响，那后果必定每次都是一样的。在那些真相无关紧要的地方，与之相反的错误便也同样无关紧要。由此可知，在类似的情况下，那些说出与真相相反的话来骗人的人，并不见得比那些什么都不说来骗人的人更加不正义，因为谈到那些无用的真相，犯错并不比无知更糟糕。我认为，知道海底的沙子是红色还是白色的，并不见得就比完全不知道它的颜色更有用。既然不道义只包含有害于人这个意思，那如果没有损害到别人，又怎能说是不道义的呢？

但这样粗略地做出答复的方法，并不足以让我在实践中用于任何确切的事例上，也缺乏许多在可能出现的各种情况下进行精确应用的、必要的事先说明。因为，如果说，说出真相的必要性是完全建立在此真相有用与否的基础上，那我又该如何建立这个关于有用与否的判断标准呢？对一个人有益的，经常会对另一个人造成损害，个人利益几乎总是与公众利益相对立。在这类情况下该怎样作为呢？应该牺牲不在场者的利益，来成就与我们对话的人的利益吗？应该保持缄默，还是说出那些会对一个人有利、而对另一个人有害的真相呢？应该按照集体利益，还是个人利益来权衡我们该说的话呢？我又能确保弄明白所有与此相关的事情，出于公平原则来分配我所了解的真相吗？另外，研究明白了我有义务告知别人的事，我又是否考虑清楚了，我对自己所亏欠的和对真相本身亏欠的呢？如果我没有欺骗另一个人，没损害他的话，随之而来的疑问就是这样做也不会损害到我自己吗？而只需要永远保持公正，就等于是清白无辜的吗？

从这些令人困惑的争论中脱身倒也容易，只要冒着可能到来的任何风险，保持真实就行了。公正本身就存在于事物的真相之中，当我们把不存在的东西当作行为与信仰的准则时，谎言总是极不公道的，欺骗就是错误；只要说的是真相，其后引发的结果都不是我们的罪过，因为，我们并没有在其中掺杂私人的东西。

但这样了断一个问题并不是真正地解决它。此事涉及的并不是永远讲真话好不好，而是我们是否总是有必要讲真话。而根据我研究的那个定义来看，它其实已经做出了“不需要”的答复；我们要区分不同的情况，比如当真相亟需说明时、当人们可以并非不公正地保持缄默时，还有对真相加以修饰而不算说谎时。因为，我发现这类情况确实真的存在，那么，现在就应该找出一条原则，来对这些情况加以了解并确认了。

但要从何得到这样一条原则并保证它绝对可靠呢？对所有类似的道德方面的难题，我总是依靠良知的安慰，而非通过理智的启发来解决它们。我的道德天性从来不会欺骗我：它在我的心里始终保持着足够的纯洁，以便于我可以全心信任它。如果说有时候，它会在我饱含激情的举动面前保持沉默，那它也还是会在我回忆起这些时压制住那些激情的。我就是这样相当严厉地进行了自我评判，也许来生我将会受到的至高审判也不过如此了。

通过其产生的影响来评价人们的发言，常常很难做出正确判断。除了因为这些影响并不总是那么显著和易于了解，还因为它们会随着发言的情境不同而千变万化。只有根据发言人的意图，才能对此作出判断，并决定它们带有的恶意或善意的程度。只有在带有欺骗意图时说的不符合事实的话才叫撒谎；然而即使是有欺骗的意图，也远不能与破坏的意图联系在一起，有时候目的还是正好相反的呢。但是，没有抱着特意破坏的目的，也并不足以让谎言显得无辜，还必须更加确保，不管这个人说了个怎样的谎，都不会对被牵扯进来的人或其他任何人造成损害。不过，要有这样的保证是很少见，也是很困难的；同样，一个谎言要想完全无辜清白，也是很少见、很困难的。为自己的私利而撒谎是欺诈，为他人的利益而撒谎是诈骗，为害人而撒谎是诽谤，这是最恶劣的一种谎言。既无益处、又对自己和他人无损的撒谎，简直不算是撒谎：那不是谎言，那叫虚构。

那些带有道德方面目的的虚构，叫作寓言

或传说，因为它们的目的只是或只应该是：用感性和讨人喜欢的外表，把一些有用的真相包装一下。在类似这种情况下，我们就不必执着于去掩饰那种谎言了，它们其实不过是真相的一层外衣罢了，而那个为了故事而讲故事的人，无论如何也算不上是在撒谎了。

还有其他的纯粹毫无益处的虚构，例如大部分的故事和小说，没有内含任何真正的教育意义，唯一目的就是消遣。这些没有任何道德方面用处的虚构，就只能通过创作者的意图来进行判断了。当他把它们作为真正的事实，极为肯定地讲述时，我们倒不太能够否认这些是真正的谎言。然而，谁会去认真追究这些谎言，谁会对编造它们的人作出严厉的指责呢？例如，如果说在《尼德圣殿》[1]里有什么道德意义的话，它也已

① 1752 年孟德斯鸠发表的作品。

经被那些淫秽的情节、色情的画面而打乱和破坏了。而为了拿一层假正经的外壳来掩盖这些，作者又干了些什么呀？他假称这部作品是一部希腊手抄本的译文，他还就发现这部手抄本之时，编了个有条有理的故事，意欲说服读者们相信他描述的真实性。如果这样不算一个实实在在的谎言，那请告诉我什么才算说谎？然而，谁又胆敢去谴责作者，说谎是犯罪，并把他当作骗子对待呢？

有人也许会说那只不过是个玩笑罢了，作者那样强调并不是想要说服任何人——而事实上他也确实没有让人信服——反正大众其实一直深信不疑，他就是这部假托为希腊作品的实际作者，而不是其自称的译者。我的回复则是，这种毫无目的性的类似玩笑，简直是愚蠢幼稚之极。一个骗子表达的东西，即便没有说服别人，他撒的谎也并不因此而变小一些，而且必须把那些有见识的民众和大批单纯轻信的读者们区分开来。对他们来说，这个手稿的故事，经由一位严肃的作者貌似诚意、而实际上刻意欺骗地讲述出来，就像一只古董酒杯中盛的毒酒，会被读者们毫无疑虑地喝下去；可如果酒是在一只现代器皿中呈上来，他们至少会稍作怀疑。

不管这种差别在书中是否存在，在那些对自己真心坦诚的人心中，它们是有一定分量的，这些人不会让自己受到良心的谴责。因为，为了自己的利益说假话，和为了损害别人的利益而撒谎相比，前者的程度也并没有更轻一些，尽管那样的谎言看似没那么罪恶。把好处给予那些不应该拥有的人，这是扰乱秩序与公正；把能招致赞颂或指责的行为，错误地归于自己或别人头上，不管是定罪还是辩白，这都是做了不公正的事情。也就是说，所有这些与真理相反，不论以哪种方式损害到公正的事，都是谎言。这是确切的底线：但所有那些虽与真理相反、但无论如何都与公正无关的事，都是虚构。如果有人会把纯粹的虚构，当作谎言一样加以谴责的话，那我得承认，他有着比我更为高尚、敏感的良知。

那些人们所谓善意的谎言，就是真正的谎言。因为，为了别人或自己的利益去骗人，与为了损害自己或他人相比，前者也并不显得更正直。无论谁，违背事实地去称赞或谴责，只要涉及了真实的人，那都是撒谎。如果涉及的是虚构的存在，他倒可以畅所欲言而不算撒谎，除非他仅根据自己编造的事实，就做出了道德上的评判，而这些评判却错了。因为，如果他没有就这些事实本身撒谎，那么就必定是违背了道德真理去撒谎，而道德真理比事实真相更要可敬百倍。

我见过不少这些在世上被称为真诚的人。他们的诚实，都用在竭力进行那些无用的交谈中，真实地列举地点、时间、人物，不允许任何虚构，也不添加任何背景，毫无夸张，在所有不触犯他们自身利益的事情上，他们的叙述是最为不可侵犯的真实。然而，一旦涉及与他们相关的事，他们对待和叙述这些与他们关系密切的事时，则会浓墨重彩地大加渲染，使之呈现出对他们最为有利的一面。而如果某个谎言对他们很有用，他们也会避免自己说，而是巧妙地促成它，使人容易接受，还不让自己为此负责。这才是他们想要的谨慎啊，永别了真诚！

我所谓的“真诚”的人则与之完全相反。在一些无关紧要的小事上，别人十分注重的真相不大能触动他，他毫无顾虑地用一些捏造的事情来娱乐同伴，而这些事既不会引发不公正的评判，不表示赞同也不反对，也不会针对任何人，不论活人死人。而对某个人的评论，不管是有益还是有害、尊重或者蔑视、赞美或者责备，只要是违背了公正或真理的，那都是谎言，都绝不会是他心中所想或是口中所言，也不会是他笔下所写的。他是坚定的“真诚”的人，尽管在那些毫无裨益的交谈中自诩坚持自我是无用的，甚至是损害自己利益的：他的真诚在于他从不试图去欺骗任何人，在于他对给他带来指责或荣耀的真相都保持忠诚，在于他从不会为了自己的利益或为了损害敌人而去骗人。我所谓的真诚的人，与另一种人的区别，就在于那些世人误以为真诚的人，严格地忠诚于对自己毫无损害的一切事物，而非超出其外的事；而我所谓真诚的人，在需要为真相牺牲自身利益时，才尤其显出其诚实来。

但是，有人又会说，你这样不严谨的说法又怎能和你自己称颂的对真理的挚爱一致呢？既然这挚爱掺杂了这么多东西，它必定是假的。不不不，它是纯粹而真实的：但它仅仅反映出对正义的爱，尽管有时可能夸大，但绝非虚假。在这种人心中，正义和真理是两个同义词，而对它们的热爱不分高下。他心中所崇尚的神圣的真理，不包括那些无关紧要的事物或无用的名字，而在于忠诚地将亏欠每个人的东西归还，那些真正属于个人的东西，不管归类为好的或坏的，要给予荣誉或责备、会得到赞扬或是谴责的所有一切。他不虚假，既不反对任何人，因为他的公平原则不允许，不会去不公正地损害别人；也不会有利于自己，因为他的良知不允许，不会去把不属于自己的东西据为己有。他最珍惜的是自尊，这是他最无法放弃的财富，如果用这份自尊作代价，去获得其他财富的话，他会觉得这才是真正的损失。他有时会毫无顾忌地在一些无关紧要的小事上撒谎，而且并不觉得这是说谎，但这么做绝不是为了损害他人或为了自己或他人的利益而为之，而在所有与历史真相、人类行为有关的事上，在公正、人际关系准则或有用的知识方面，他会避免一切错误，免受自己和其他与己有关的人、事影响。而除这些以外的谎言，就不能算作说谎了。如果《尼德圣殿》是一部有用的著作，那关于希腊手抄本的故事只是无辜的虚构，而如果这本著作很危险，那这编造的故事就是应该受到惩罚的谎言了。

这些就是我的良心对于谎言与真相所持有的原则。我的心在理智接受这些原则之前，就已经自动地遵循它们行动了，而道德的天性也已使其付诸实施。那个让可怜的玛丽翁成了牺牲品的罪恶谎言，给我留下了难以抹消的悔恨，让我的余生不仅避讳着类似的谎言，而且同样避免说出任何可能触及别人利益或名誉的谎言，不论是以何种方式。概括出这些需要剔除的东西，使我免于去仔细地权衡利弊，可以给害人的谎言和善意的谎言划出精确的界限。这两种都被我当成是有罪的，我不允许自己犯这两种错。

和在所有其他事情上一样，在这件事上，我

的脾性极大地影响了我的行为准则，或者不如说影响了我的习惯。因为我很少按规矩行事，在对待所有事情时，极少不按照本性冲动而为，反而去遵循其他的那些所谓规则。我从未想过要预先设计好一个谎言，也从未为了自己的利益而撒谎，但我倒是经常因为羞耻心而撒谎，为了从一些无关紧要的小事或顶多只关系到我自己的事情造成的尴尬局面中，让自己得以脱身。当我需要维持一段交谈时，我那迟钝的思维能力和枯燥无味的谈话技巧，使得我不得不利用一些虚构的东西来找话说。当有必要开口讲话，而我脑中还未能想到一些有意思的真事时，为了避免哑口无言，我就会编造一些笑料：但是编这些故事时，我尽我所能地小心，它们并非是一些谎言，也就是说，它们无损于公正或应有的真实，只不过是些对所有人和我自己来说无伤大雅的虚构。我希望至少能用道德真理来代替事实的真相，也就是说，在这些故事中表现出人类心中自然的情感，从中得出有用的教训，对这些道德故事、寓言有所总结；但这必须具有比我所拥有的更敏捷的思维和更多的谈话技巧，从而能够利用这种喋喋不休的交谈来达到教育的目的。而这些谈话的进展总是比我的思绪快得多，迫使我几乎总是不及细想便开口说出蠢话来，虽然我的心和理智都恨不得对这些话加以否认，可话已出口，为时已晚，我的正常判断力已无法对这些蠢话做出什么改变了。

还是我这脾性导致的、原始的、无法抗拒的冲动，在一些不曾预料到的突发事件中，可以说，只是出于立刻回答的必要，我的羞耻心和羞涩让我撒了些绝非出于本意的谎。关于可怜的玛丽翁的回忆影响着我，克制自己不撒那些损害他人的谎，但不包括那些仅牵涉到自己、用来使自己从尴尬中脱身的谎言，而这些谎言，就和那些会影响他人命运的谎言一样，同样违背我的良知和原则。

我对天发誓，如果能在事后收回那些为自己开脱的谎话，说出那些让我感到很有压力的真相，而不会在收回时给自己招致新的侮辱的话，我会真心诚意地这么去做。但羞耻心让我犯了错，并且约束着我不敢认错，虽然我诚心地因我的错误而懊悔，却始终不敢去改正它。有个例子可以更好地解释清楚我想说的意思，表明我撒谎并非出于利益或自尊，更不是因为欲望或恶意，而仅仅是出于尴尬和糟糕的羞耻心，要知道有时候，因为某个原因，这种谎言已经是尽人皆知的了，撒谎对我来说起不到任何作用。

那是一段时间之前的事了，福基耶先生邀请我吃晚饭，并要我破例带上妻子和他以及他的朋友贝努瓦先生一起野餐，去一位瓦加珊夫人家，她是位餐馆老板，她本人和两个女儿都会和我们一起吃晚饭。正在用餐过程中，那位已婚且已怀孕的大女儿紧盯着我，突然询问起我是否有子女，我窘迫得眼睛都红了，回答道我没有这份幸运。她恶毒地笑着目视自己的同伙们，这场戏是什么意思并不难懂，即便是我也心知肚明。

然而，首先，即便是我有意骗人，这个回答很明显也根本不是我本来想做出的。因为当她提问时，我环顾四周，十分确信我的否定答复完全改变不了他们在这个问题上对我的看法，他们就等着我的否定回答呢，甚至是激得我这样答复并享受看我撒谎的乐趣，我还没有迟钝到看不出这些来。两分钟之后，我才想到应该做出怎样的回答。作为一个年轻女人，向一个老单身汉提这样的问题未免有失谨慎。这样的说辞既非撒谎，也不需因为承认什么而脸红羞愧，反而对那些嘲笑做出了还击，给了她一个小小的教训，自然使得她不敢再这样无理地质问我。然而这些我都没做成，应该说的话也一点儿没有说，反而说了些不该说的、对自己毫无助益的话。我的判断力和我的意愿肯定没有指导我做出这样的回答，而是我因尴尬不安而不由自主地造成了这种结果。以前我并未有过这种尴尬的感觉，我会用更坦然而非羞愧的态度来承认自己的错误。因为，我从未怀疑人们只会看重我如何弥补错误和我真正内心的感受；但那些恶毒的目光使我难过而且狼狈不堪，我变得越痛苦，就越畏畏缩缩，而正是出于这种胆怯畏缩我才撒了谎。

我从没有像在写《忏悔录》时那样，更深地感觉到自己对于谎言本能的憎恶。因为正是那时，尽管我的本性在这点上控制住了自己，但仍能屡次受到谎言极强的诱惑。然而，我对应该负起责任表达的东西，完全没有保持缄默，也毫不加以隐瞒，全是出于我自己都无法解释、也无人能够效仿的闪念。从相反的意义上来说，我倒更觉得自己应该算是撒了谎，因为我不仅没有对自己过于宽容，反而是更变本加厉地责备着自己，我的良知则宽慰自己：我以后不会受到比自我审度更严厉的审判了。

是的，我可以说我感觉到了傲人的灵魂升华，在这部作品中，我投入的诚意、真实和坦白，我相信至少是任何其他人远不能及的；我觉得和盘托出是适合我且利大于弊的，于是我就坦白了一切。

我从未少说什么，偶尔还会多说一些，并非在事实方面，而是针对了事件的背景情况。然而这类谎言，与其说是意愿所为，还不如说是幻想的胡言乱语的结果。我甚至不该称它们为谎言，因为这些添油加醋的东西，没有一样能成为谎言。写《忏悔录》时，我已年迈，对生活中曾稍有涉猎的浮华享受十分厌倦，心中只能感到空虚和乏味。我依据记忆来写，然而这些往事留给我的，往往是些残缺不全或是有所缺憾的记忆。于是，我便用些想象出来的细节来增补空白，但这些填充上去的东西绝不会与事实相悖就是了。我喜欢对生命中那些幸福时刻加以扩展，有时会为缓和那些曾有的遗憾而添加一些点缀加以美化。在描述那些我已忘却的事情时，我就按照它们应该如何发生那样去说，也许它们确实就是那样发生了呢，但我绝不会反过来把事实讲得和我回忆中的相反。有时，我会给真相添加些不相干的、迷人的小细节，但从未用谎言代替真相，来掩盖自己的恶习或欺世盗名。

如果说有时候我未加以深思，就出于本能地在描述自己的形象时，做出了隐藏自己丑恶一面的行为，那这种沉默隐瞒，也足以用其他更古怪的缄默来补偿了，好的东西比坏的东西更常让我默然以对。这是我与生俱来的一种怪癖，人们不相信也是可以谅解的。尽管难以置信，但它确实是真实的：我总是在说坏事的时候极言其恶，而在说好事时鲜少表述其妙，甚至我会对自己好的方面完全不置一词，因为并不想太过夸耀自己，而写《忏悔录》感觉就像在给自己写颂词似的。在描写年轻岁月时，我并未对自己天性赋予的优良品质大加吹嘘，反而是去除了可能表露出它们的一些事实。我再次回忆起童年时的两件事，写书的当时我就已记起了它们，但正是出于我刚才提到的那唯一理由，我把这两件事都撇去未写。

那时候几乎每个星期天，我都是在巴基的法济先生家度过，他娶了我的一个姨妈，在巴基那儿有一家印花棉布厂。有一天，我在轧光机车间的晾晒架那儿，观察那些铸铁的滚轴，它们亮光闪闪的样子让我看得很开心，于是我试着把手指放上去，并很愉快地沿着滚筒光溜溜的表面移动。这时小法济正站在转轮那儿，他把转轮扭动了八分之一圈儿，很灵活地带动了滚筒，夹住了我最长两根手指的指尖；但这已经足以挤碎我的指尖，并拔掉了两指的指甲。我发出刺耳的尖叫，小法济立刻扭回转轮，但我的指甲还是粘在了滚筒上，而且血从指尖不停流淌下来。小法济大吃一惊，也大叫出声，离开转轮，过来抱住我，恳求我不要再叫了，还说他要完蛋了。尽管我自己极为疼痛，但他痛苦的样子还是打动了我，于是我没再出声，我们来到蓄水池边，他帮我洗干净了手指，用青苔敷上止血。他哭着哀求我千万不要告发他，我答应了，并且一直守口如瓶，20 年过去了，没有一个人知道，我的两根手指是因为什么样的事故，留下再也去不掉的累累疤痕。我被拘在床上躺了三个多星期，而且有两个多月，这只手都状态极差、无法使用，而我一直对人说是一块大石头落下来，砸碎了我的手指头。

真实的谎言啊！还有比你更美好的真相让

我弃你而就它吗?

这次事故，因当时的形势，让我尤其痛苦。因为，那时正是全民练兵的时候，人们把市民集合起来操练，我和其他三个同龄的孩子组成一行，我本可以身穿制服，和他们一起参加本街区连队的训练呢！当我躺在床上，听着我的三个同伴随着连队的鼓声从我的窗下走过，我是多么痛苦啊!

我的另一个故事也有点儿类似，不过，那时我的年纪要更大一些。

我和一个叫普兰斯的小伙伴一起，在普朗宫那儿玩槌球游戏。玩着玩着我们就争吵了起来，并且开始打架。打斗中，他用槌棒在我毫无遮掩的脑袋上狠敲了一下，这下敲得可真准，再用力点保准要把我脑浆子都敲出来了。我立刻扑倒在地，当这可怜的男孩看到我的血从头发中汩汩流淌下来时，我这一辈子再也没见过像他那样惊慌失措的神情。他尖叫着说他把我打死了。他冲向我，把我抱住，紧拥着我，泪如雨下，一边还发出尖叫声。我也竭尽全力地回抱住他，和他一起哭，沉浸在一种混乱、然而不失温情的情绪里。最后，他开始给我不停淌血的伤口止血，眼看我们的两条手帕都不够用了，他便把我带到他母亲那里，她在附近有个小花园。看到我这情形，那位善良的女士险些儿晕倒。不过，她还是尽力地给我包扎了，在仔细清洗过伤口后，她给我敷上了烈酒浸泡的百合花，那是我们家乡常用的一种极好的疗伤药。她和她儿子的泪水深深地感动了我的心灵，以至于我长时间地将她看作母亲，而把她儿子当作兄弟一般，一直到后来再也见不到他们两人，才渐渐地忘记。

我对这次事故，和前一次的一样，始终守口如瓶。而一生中类似性质的事，大约发生了不下百件，而我在《忏悔录》中，甚至从未尝试提起。因为，我并未力图巧妙地炫耀我自觉性格中善的东西。不不不，当我说出一些与我所知的事实相悖的话时，那都只是些无足轻重的小事。此外，我那么说，要么是为了摆脱交谈的窘境，要么是为了获得写作的乐趣，而绝非出于自己利益的目的，亦非有利于或有损于他人。而将来如果有一天，有人能客观地读一读我的《忏悔录》，那他将会发现，我在书中坦白的那些事，比起一些更罪恶、但相较而言没那么羞于启齿的事情来说，也许更羞耻，我承认它们更痛苦，但后者我却不会去说，因为我并未做过。

经过这些反思之后，我所公开主张的真实性，更多地建立在正直和平等的情感基础上，而不是事情的真相上。在实践中，我更遵从的是我良知下的道德规范，而不是对与错的抽象概念。我常常编造寓言，但极少撒谎。遵从这些原则，让我给了别人许多机会来攻讦我，但我却从未对不起过任何人，也从来没有给自己分得过一丁点儿不该给予我的好处。也只有从这一点来看，真理可算是一种美德。而从所有其他方面来说，它对我们只能算是一种既无善果也无恶果的形而上学。

我心中还不够满足于这些区别，还未足以相信它们就已经是无可辩驳的了。细心斟酌过亏欠别人的方面之后，我是否曾仔细考虑过亏欠自己的地方呢？如果对人理应公正，那对己也应该真实，这是诚实的人理应对自尊所保持的一种敬意。当枯燥的谈话迫使我不得不添加一些无恶意的虚构时，我做错了。因为，我们绝不应该贬低自己去取悦他人。而当为写作的乐趣所吸引，在真实事件中添油加醋时，我错得更厉害。因为，用寓言来对真相加以修饰，其本质就是歪曲事实。

但使我尤其难以得到原谅的是，我所选择

的那条座右铭。它迫使我比任何其他人，都更严格地信奉真理。为此，我不仅仅要牺牲自己的利益和兴趣，还要克服自己软弱的、天生羞怯的本性。一个特别的、自我奉献于真理的人，必须要有勇气和力量，在任何场合永远保持真诚，而且口中和笔下永不应该出现虚构或捏造之词。这才是我在采用了这条高尚的座右铭时应该告诫自己，而且在敢于实施它的时候应不断重复告诉自己的。我说谎绝非是受虚伪支配，而完全源自软弱，但这也绝不能拿来为自己辩护。具有一个软弱灵魂的人，最多能做到免于犯罪，但胆敢公开主张、信奉至高的美德，那也未免太狂妄、太轻率了。

如果不是罗西埃神父的一番暗示，也许我永远不会去做这样的一番思考。想要将之加以利用可能已经太迟，但至少修正我的错误，并将我的意愿列为准则还为时未晚。因为从此以后，这些都将取决于我自己。在这一方面和所有其他类似的事情上，索隆的那句箴言适用于任何年龄的人，而且学习永远不嫌太迟，哪怕是从敌人身上学习，使自己变得贤明、真诚、谦逊并且不过于自负。

< 106

CHAPTER 5

漫步五

在所有我曾住过的居所中（我的确曾经住过一些特别可爱的房子），没有哪一处像比安纳湖中心的圣皮埃尔岛那样，让我感到真正的幸福、并给我留下了如此温存的遗憾之情了。在纳沙泰尔，这座小岛被人称为土丘岛，即便在瑞士国内也并不十分有名，据我所知，没有任何旅行家曾提到过它。然而它却十分宜人，而且对一个喜欢被圈禁的人来说，它所处的位置简直是福祉。因为，即使是我这个也许是世上唯一一个命数天注定的人，也不相信唯独自己，才有这么自然正常的品味，尽管这一点，我至今未曾在别处发现。

比安纳湖畔比起日内瓦湖来说，更荒野浪漫一些，因为那些环绕水边的岩石和树木更近，但它们在景色宜人方面并不逊色。如果说这里少了葡萄园和耕种的田野，少了城市和房屋，那它也有更多自然的苍翠牧场、更多绿荫掩映之处，多见参差不平、连绵起伏之景。由于这宜人的湖畔没有适于车辆通行的大路，游客们很少造访这个地区；但对于乐于从容不迫地、沉浸在自然的魅力下的、孤独的沉思者来说，这里再有趣不过了。喜爱静思的人，在这一片沉静中，不会受到别的声响惊扰，除了那些断续的鹰唳鸟鸣以及山上的落瀑湍流。这个美丽的湖，形状几近正圆，中心分布了两座小岛：一座有人居住也有作物种植，周长约半里；另一座更小点儿，荒芜冷清，而最后它上面的土竟然被人不断地搬运走，去填补海浪风暴对大岛造成的破坏。这就是损弱补强、弱肉强食的道理啊！

岛上只有一座房子，但它很大，十分舒适且便利，和小岛一样都是属于博纳医院的产业，现住着一位税务专员和他的家人及其全体仆从。他在这里经营着一个规模挺大的饲养场、一个鸟栏和几片养鱼池。这个岛虽然小，但地形地貌倒是颇为多变，于是景色纷呈，而且作物繁多。人们可以在这里看到农田、葡萄园、树林、果园，还有被沿湖生长的小树丛和各类灌木环绕下的牧场，绿荫葱葱、凉爽宜人；沿着岛纵向有一座高台，上面种着两排树，而高台中央建有一座漂亮的交谊厅，在葡萄收获季，附近湖畔的居民们，每个星期天便聚集起来，在这里跳舞。

莫迪埃石击案[①]之后，我就在这座小岛上避难。我发现居住在岛上的日子十分令人欢欣，而在这里的生活是如此合我脾性，我竟决定要在此度过余生了。我并不担心别的，只除了那些非要把我扔到英国去的人，恐怕他们不会让我实现这个计划，其实我已经感觉到他们在有所行动了。沉浸在这些让我不安的预感之中，然而我还是多么希望，他们能让这个小岛成为我永远的监牢。啊，就让我终生被幽禁于此，

---

① 1765 年 9 月初，卢梭因为被民众当作反基督者，在莫迪埃遭到了攻击，继而搬离此地。

剥夺我逃脱的所有力量与希望吧！他们禁止我以任何方式与外界沟通，以使我遗忘并且无视外面正在发生的那些事情，而且让我自己也同样地被别人遗忘。

实际上，他们只让我在岛上待了不到两个月，但即便我能待上两年、两个世纪，甚至是永生永世，我也绝不会感到片刻厌烦，尽管在这里能够来往的同伴，只有税务官和他的妻子以及仆人——而他们真真切切都是些再好不过的人了——但这也正是我所需要的。我把这两个月当作是一生中最幸福的时光，我感到那么的幸福，以至于我余生都心满意足，任何时候，灵魂中都生不出一丝儿对其他生活状态的渴望。

这到底是怎样一种幸福的状态呢？是什么使得我乐不思蜀呢？我把它留给那些当代的人，根据我对生活的描述去自行猜测。这种幸福最主要和最首先给予我的，就是难得的闲情逸致，这正是我想要慢慢品味的乐趣，实际上也是我整个留岛期间，作为一个专心游手好闲的人，所需要用来消磨时间的最快乐的事情。

人们最希望的事，莫过于让我身处自我束缚的孤地，使我既无援助也不被人注意，无法脱离这困境，而在此处，我的确既无人交流，也无法通过周围人的帮助来交流信息。然而这种希望，我得说，却也给了我试图用一种未曾经历过的更安静的方式，来度过余生的期望。我将会有充足的时间，从容不迫地安置自己的这种想法，这竟让我毫无安排地开始过起日子来。之前被突然送到岛上时，我孑然一人，身无长物，随后才让我的女管家过来，还有我的书和简单的行李物品，我乐得不打开它们，就让那些行李箱包像送来时那样，原封不动地放着，住在准备在此度过后半生的居所里，却仿佛住在翌日就要动身离开的旅店一样。所有一切都恰如其分，顺利得好像要是好好整理行李，反而会破坏什么一样。我最开心的一件事之一，要算是始终把我的书好好装在箱子里没动，因而找不到一点儿文具。当那些讨厌的信件使我不得不提起笔回信时，我只得低声埋怨着去向税务官借文具，随后赶紧归还，还侥幸地盼望以后不需要再借了。我不再在房间中堆满无用的废纸或旧书，而是用鲜花嫩草取而代之。因为，我当时正开始对植物学充满热情，迪万努瓦医生激起了我的这份兴趣，并很快就变成了热爱。不想再去工作，我需要的是一项能取悦自己的消遣，一份不会给我带来烦恼、就连懒人也会乐于投入的消遣。我于是着手编写《圣皮埃尔岛植物志》，预备描绘出岛上的所有植物，无一遗漏，且要细节备至，这样才足以占据我余生的所有时间。听说有个德国人就小小一片柠檬写了整整一本书，那我就对草地上的每根青草、树林中的每片苔藓、岩石上覆盖的每片地衣都写一本书。总之，我不会遗漏任何一根草叶、一颗种子，而不对之大加描述。于是，为了这个美好的计划，每天早上和大家一起吃完早饭后，我就手持放大镜，腋下夹着本《自然系统》，去往岛上的某个角落游览。为了我的那个计划，我将小岛划分成一个个小方块，打算按季节依次走遍。每当我观察着植物的结构与组织，和对我来说新鲜无比的植物的一整套生殖结构时，我体验到的那种喜悦和迷醉之感，真是绝无仅有的奇妙。基因特性上的细微差异，是我从前一无所知的东西，而那时，我却沉醉于从同一种属中将之一一区分开来，期待着能从中发现更为稀有的品种。夏枯草的两根长长的雄蕊前端分叉，荨麻和墙草则长着弹簧般的雄蕊，凤仙花的果实与黄杨木的蒴果会爆裂开来。头一次见识到千百种各异的结果方式，让我满怀喜悦，我都想去问问人：你见过夏枯草的触须吗？就好像拉封丹问人家是否曾读过

《哈巴谷书》[1] 一样。两三个小时之后，我收获满满地回来了，消遣之物足以让我在下雨天待在家整整一个下午。上午剩下的时光，我会用来带着黛蕾丝，同税务官夫妇去看他们的工人和庄稼，经常还会帮他们干点活儿。一些伯尔尼人来拜访我时，常常会发现我爬到了高高的树上，正摘着果子装满腰上挂着的包，然后再用绳子把包放到地上来。上午的这种锻炼以及愉快的心情，使得我的午休变得极为舒适宜人；但当午休时间太长、而天气好得诱人时，我就没法儿长时间待着了。在大家还在吃喝时，我就会偷偷溜走，独自登上一条小船，划到湖中心去。那时水面平静无波，而我则在那儿舒展身体，躺在船上，双眼凝望天空，任凭水波荡漾，轻轻地将我带走。有时我会好几个小时这样子，沉浸在千百种朦胧而甜

① 传说中，拉封丹认为这是一部天才之作，因而问他碰到的每一个人是否读过这本书。

蜜的幻想之中，这些幻想并没有什么明确的、坚定的目的，然而确实极为符合我的心意，比以前我追求过的所谓人生乐趣好上百倍。我常常在太阳落山时才警醒过来，发觉自己已经远离小岛，于是，不得不全力划船才能在夜幕低垂前回来。而有时候，我并没有迷失在水中央，而是沿着青翠的湖畔游玩，那清澈的湖水和阴凉的树荫总是引得我下水嬉戏。但我最经常划船去的地方，还是从大岛划到小岛上，在那里上岸并度过一整个午后时光。时而在那一片片的药鼠李、春蓼以及各种灌木中兜兜转转，时而就待在绿草如茵的小沙丘顶上。那里长满了百里香和各种鲜花，还有貌似以前人们撒种长出来的岩黄芪和三叶草，最适宜兔子栖息了，它们可以在这儿安宁地繁衍生息，无须害怕也不会破坏任何东西。我把这个想法告知了税务官，他让人从勒夫夏代尔各弄了几只公兔和母兔回来，他夫人、他、他妹妹、黛蕾丝和我，我们几个大张旗鼓地把兔子送去安顿在了那个小岛上。在我离开前，兔子已经开始产仔了，而如果它们能忍耐度过冬季严寒的话，大概已经繁衍得颇为兴盛了。这个小小殖民地的建立，不啻于一个节日。阿尔戈诺号的领航员也不比我更觉得荣耀了，我成功率领同伴们和兔子，从大岛到达小岛，而且我自豪地注意到，就连一向怕水、总是晕船的税务官夫人，都满怀信任地上了我驾驶的小船，并在渡湖期间没有表现出一丝畏惧之情。

当湖面波涛汹涌不能驾船时，我就会花上整个一下午，从岛的右边逛到左边，采集植物标本。有时，我会坐在一些极偏僻但却极其迷人的角落处，以便尽情幻想；有时，则坐在一些高台或丘顶上，目光掠过那美妙迷人的湖面，一侧是被邻近群山环绕的湖岸，另一侧则是延伸出来的肥沃富饶的平原，视线可以一直沿着平原看到更远处，直至被青碧色的山峦阻断。

夜色降临，我从岛上的坡顶下来，往往会在湖边的沙岸上，找个僻静之处坐下。在那儿，我的感官集中在倾听波涛的声音，欣赏水流的起伏，它们驱散了我内心所有的纷繁杂乱，让我全身心沉浸在一个美好的幻想之中，经常直到深夜降临，我都没有意识到。湖水一波又一波地涌上来，它的声音持续不断、又有着高低起伏，不停地刺激着我的耳朵和双眼，给我心中逐渐褪灭的幻想增加了力量，竟不需要去费力思索，便足以使我充满喜悦地感受到自身的存在。有时水面变幻的景象，会让我生出些世事无常之类短促模糊的感悟，但水面那持续均匀的晃动，很快便平息了我的思绪，抹去了这些轻微的多愁善感。它让我心满意足地一直逗留到时辰已晚，直到约好的回归信号提醒，我才颇为勉强地起身返回。

晚饭之后，如果觉得夜色美丽，我们经常一

起散步，逛到大平台上，去呼吸一下湖边的凉爽空气。我们在交易厅里休憩、谈笑、闲聊、唱几首老歌，他们可不比现在那些做作的曲子差呢，最后开心地结束今天，上床睡觉，期望明天也会同样的快乐。

除开那些讨厌的不速之客，在岛上的那段日子我就是这样度过的。到底那里有什么东西如此吸引人，足以在我心中激起如此强烈、温情而又持久的伤感，以至于15年之后，一旦想起这个心爱的地方，我都不可能感受不到那种让我身临其境般激动的感情。

我注意到在漫长人生的兴衰起伏中，最能让我记住和最让我有所感触的，并非那些最为适意的欢乐时光，或那些最极致的享乐时刻。这些极度兴奋和狂热的短暂瞬间，当时固然酣畅淋漓，也正是因其热烈动人，才成为散布于生命轨迹中的几处重点。它们太过于稀少，又转瞬即逝，并不能构成一种常态，我的心灵所怀念的幸福感，绝非由这样短暂的瞬间构成，而应该是一种简单却持久的状态，它本身也许并无激昂之处，但长久处于这种状态时，它的魅力却会与日俱增，直至最终到达极致。

世间万物就如涌上岸的潮水一般。没有任何东西能保持永恒的形态且停留不变，而我们对身外之物的依恋，就像这些物件本身一样，必然也会消失和改变。它们总是在我们的身前或身后，提醒着已经不在了的过去，或预示着往往不相似的未来；没有任何东西是可以让心灵依托而固定不移的。在世间，我们只有已逝去的快乐，而持续不断的幸福，我很怀疑它是否存在。在我们最热烈的欢乐时刻中，也几乎没有哪一刻，我们的心能真正对自己说：我希望这时光能永远继续下去；那我们又如何能够把这短暂的状态称为幸福呢？尤其是当它使我们的心忧虑且空虚，当它还使我们惋惜着前事或对后事尚有渴望的时候?

但是，假如真有这么一种状态，让心灵能得到足够的稳固，并能在其中获得完全的休憩，让人全身心投入，既不需要回顾过去，也无需展望未来。时间对它没有任何意义，只有现在的状态一直持续着，从此既无长短期限，也无任何后续发展的迹象，不再感觉到失去或享有任何东西，没有喜悦、没有痛苦、没有欲望，也没有忧惧，只能感觉到我们自身的存在，而这唯一的感觉就能让我们完全满足了。只要这种状态持续着，身处其中的人便可称为是幸福的，并且不像是在生活乐趣中找到的那种片面、贫瘠且相对的幸福感。这是一种充足、美好且满足的幸福感，它让心灵不再空虚，不再需要别的东西来填补。这就是我在圣皮埃尔岛上独自幻想时，常常体会到的状态，那时的我要么躺在船上随波逐流，要么坐在汹涌的湖岸边，要么就在别处：或是在美丽的河岸边，或是在潺潺流经砂石的溪边徜徉。

在这样的状态下，我们享受着怎样的幸福呢？幸福并非得自身外之物，而是来自我们自身，以及自身的存在，只要这样的状态持续着，我们自己就足够满足得如同上帝。这种抛开其他情感而对自身存在持有的感情，其本身就是种极为满足安宁的珍贵感情，那些能够摒弃掉使人不断分心且扰乱世间和谐的俗世肉欲的人，这样的感情足以使他们感受到自身存在的珍贵与甜美。但是大多数人，被不断产生的激情左右，对这种状态所知甚少，仅仅是在某些极短暂的瞬间浅尝辄止，只有了一点隐约的混乱概念，并不足以让他们体会到其魅力所在。甚至在目前的世事环境下，如果他们一味渴求这种甜美的迷醉状态，却因为自身欲望不断而必须要恪尽职守，那么，若对这样的现实生活感到厌倦的话，这并不是一件好事。但一个不幸被革除出人类社会、在这世间再不能对别人或自己有所裨益的人，倒是有可能在这样一种状态中找到人间极乐，从而获得命运和他人无法从他身上剥夺的一份补偿。

而这些补偿确实并非任何人物或在任何形势下都能感受得到的，必须要有颗平和的心，且杜绝任何情感滋扰的冷静。还要为来自本身需要经受的考验做好准备，要有外部环境的帮助。这是所需的，既非一种绝对的安静，亦非过多的动荡，而是一种均衡有序的、没有震动或间隙的发展运动。没有这样的发展运动，生活只会如同陷入昏睡，而如果这种运动不平衡或太剧烈，让人清醒过来，提醒了我们身处于何等处境之中，则又会破坏了我们所做的美妙幻梦，使我们从关注自身中脱离出来，立刻被重新套上命运和他人加诸的枷锁，且屈从于厄运。绝对的沉默导致悲伤，它给出的是末日的景象。于是，欢快的想象力是必要的助力，那些被上天赐予了这种天赋的人，可以自然地加以表现。上述的发展运动，若不能从外界得到，那就只能来源于我们自身。的确，这样会没那么安静，但当那些轻松、温和的想法并不扰乱心灵深处，而只是微微触及心灵表层的东西时，也是让人极为愉快的。这些感触是必需的，用来铭记自身，且忘却一切痛苦。只要能使人安静的地方，随处都可以体验到这一类的幻梦。我就常会想到巴士底狱，甚至在一个没有任何杂物惹眼的空茅屋里，我也依旧能自在地幻想呢。

但必须要承认的是，如果能在一个肥沃而偏僻的小岛上幻想，那就更美妙且舒适得多了。小岛与外界自然地隔绝，而且无处不给我带来迷人的景致，没什么东西能唤起我那些悲伤的回忆，那一小群居民们又是那么的本分温和，并不乐于时时刻刻来打搅我，于是在这里，我得以不受阻碍、毫无烦恼地整日投身于自己的爱好中，或是彻底地游手好闲起来。对于一个会在各种丑恶中，用美妙的幻想来充实自己，同时借助一切能真正触动感官的事物，来让自己充分满足的幻想者而言，这恐怕是个再妙不过的机遇。从一个悠长甜美的幻梦中醒来，眼中看到的，是周围环绕的浓郁苍翠、遍地鲜花、处处鸟儿。而放眼望去，远方那浪漫的湖岸圈住了一汪宽阔的、水晶似的清澈湖水，我都快要把这些可爱的景物当作是自己的臆想了，最终才渐渐回复到自身和身处的环境上来，我都不能分辨出虚构和现实之间的分隔点了。正因为这一切，都促使我感觉到弥足珍贵，我在岛上逗留期间过着静思、离群所居的日子。这种生活就再也不能重现了吗？ 我怎么就不能在这个可爱的小岛上度过余生，永远不需要再出来，不必再见到任何陆地上的人呢？那些人只能提醒我回忆起各种不幸，且多年来竟以此为乐。

他们本可以很快被遗忘的，也许他们不会同样忘掉我，但只要没办法打扰我的安宁，我才不在乎呢。脱离了这纷乱的社会生活衍生出的俗世情感，我的心灵常常能飞跃出这环境，提前与更高层次的灵智交流，并期望很快加入它们当中去。我知道，那些俗世之人警惕着，不让我躲在这小小的避难岛上。但他们却无论如何也没法阻止我每天展开想象的翅膀翱翔，在此处也能一连几个小时，体会着跟居住岛上时同样的快乐。在那里时，我能做的最美妙的事情，就是自由自在地幻想；而现在，幻想着我正身处彼处，我不也是在做一样的事吗？我甚至能做得更多，我可以加入生动鲜活的可爱画面，让本来抽象单调的幻想更加吸引人。当年我虽常常沉醉于那些美景中，却并未感受到那些画面有何用，而现在，随着我的幻想越发深入，也越发生动地描绘出当年的景象。比起当时我真正身临其境时，现在的我更能沉浸于那些美景之中，也更加感到愉悦。糟糕的是，随着想象力逐渐衰退，这些美景也很难再重现，无法持续太长时间了。唉，就是在人要脱去这身臭皮囊时，最能感觉出这身皮囊的局促不便！

CHAPTER 6

漫步六

只要我们知道如何寻找，没有哪个下意识的行为，是不能在内心深处找到其缘由的。昨天当我经由新大道，去往让蒂耶一侧的比耶尔河畔采集植物标本时，在靠近地狱门的栅栏时，我陡然向右转弯，绕到田间小路，再从枫丹白露路爬上了这条小河边的坡地。这段路程本身并无不寻常之处，但当我回想起，我有好几次都下意识地这样绕了路，就在自己身上寻求起缘由来，然后当我弄清楚时，不禁笑了起来。

就在地狱门栅栏的出口处，大路的某个角落里，整个夏天都有个女人在那儿做生意，卖些水果、饮料、小面包之类。她有个小儿子，很讨人喜欢，但有点儿跛，拄着拐杖一瘸一拐，相当自如地向路过的行人乞讨。我和这小家伙算是挺熟了，每次我经过时，他都免不了上来恭维我几句，之后往往得到我的小小馈赠。开始几次我还颇为喜爱见到他，也由衷地愿意给他点儿钱，后来有相当长一段时间，我都挺乐意继续这么做，甚至极频繁地碰见他，刺激他喋喋不休地说出一些话，我还听得颇为顺耳。这种乐趣逐渐地变成了习惯，然后我也不知怎么，很快就感到它成为一种让我尴尬的负担，尤其是因为他说的那一大通开场白，他从不会遗漏且多次称呼我“卢梭先生”，用以表示他很了解我，而这一点让我认识到，事实正好相反，他对我的了解并不比那些告诉他这些信息的人更多。自那以后，我就不怎么乐意从那儿经过了，最后，每当靠近那个路口时，我就会自动地习惯性绕道走了。

这就是我几经思索才找出来的缘由，因为，此前并没什么事让我清楚地意识到这方面。这次的观察让我随后想起好几件别的事情，它们都让我明确知道，我并非像长久以来自以为的那样，对于自身大部分行为最真实、最原始的动机都了解得清楚明白。我也感觉到，做善事是人类心灵能体会到的最真实的幸福，但这份幸福已有很长时间是我触不可及的了，我身陷如此悲惨的命运之中，已不能期望能有选择余地以及有效果地去做出真正有益的事情来。那些一手掌控我命运的人最关心的，就是让一切事物都对我呈现出虚假、骗人的表象，行善事也仅仅是诱饵而已，其动机就是引我上当，落入他们设下的重重圈套之中。我明白这些，我知道今后我能尽力做的唯一一件善事，就是克制自己什么也不做，以免在非自愿又不知情的情况下反而坏事儿。

但我曾经也有过一些幸福时刻，我听从了心灵的指引，有时能让另一颗心灵感到快乐，我能够自豪地保证，每次品尝到这种乐趣时，我总觉得它比其他事物都更加甜美。这样的喜好是那么强烈、真实而纯粹，在我最隐秘的内心深处，也找不到任何可与之媲美的东西。然而，原本自发的善行，因其后随之而来的责任束缚，让我感觉到了重担；于是，乐趣消失了，再继续对行善投以同样关注时，却再也找不到它对我当初的吸引力了，反倒只有几乎让人难以忍受的尴尬。在我那短暂的辉煌时期，许多人曾向我求助，而只要是能效力之处，我从未拒绝过任何人。但最初这些真心流露的善行，随后却变成了束缚的枷锁，我既未曾预料到，也无法摆脱这些束缚。我开始时给予的那些帮助，在接受它们的人眼中看来，不过是后续应得之财的其中一小笔罢了，而一旦某个倒霉蛋紧抓住我并得到了救济，从此以后就不愁了。最初本是自愿做的善事，对他们而言，却变成了无限的义务，使他们得以要求后续不断，甚至我无力承担了，也不足以让我摆脱他们。就这样，甜美的乐事后来转变成了对我沉重的束缚。

当我不为人知、默默无闻地生活时，这些枷锁倒并不显得沉重。可有朝一日，我因作品而声名远扬了——这大概就是个严重的错误，我为此付出了不少惨痛的代价——从那以后，我就变成了总问讯处，所有苦难民众或所谓的苦难民众，所有寻找受害人的冒险家们，所有那些假装信任我并以此为借口想要用这种或那种方式控制我的人都纷至沓来。从此，我有理由认识到，所有天生的喜好，连善行也不例外，若失之谨慎或不加以选择地运用于社会中，且后续不加以坚持，则其性质会很快改变，不管它们的初衷曾是多么有利，后来往往会变得同样的有害。这么多残酷的经验，渐渐地改变了我早期的做派，或者不如说，是将我的行为局限在了切实的范围之内，它们让我学会，不那么盲目地按照自己的喜好做善事，如果这么做，只能是助长了别人说出恶意的话。

但有了这些经验，我并不感到遗憾，因为，它们给我带来新的启迪，促使我去思考：对于自身的了解，对于在各种情况下自己行为的真正动机，而我以前常常自欺欺人。我意识到，要想愉快地好好做事，我必须得自由地、无拘无束地行动；而要剥夺我做一件好事的所有乐趣，只需要把它变成我的责任就行了。此后这项责任的分量，会使最甜美的乐事变成重担，就像我在《爱弥儿》中说过的那样，按我猜想，如果我在那些土耳其人当中，听到那些在公共场合的大叫，要求他们承担起各自应负的责任时，我想必会是个糟糕的丈夫。

这倒是大大改变了我长久以来对德行的固有观点，因为遵循天生的喜好做出奉献；而做这些给我们带了行善事的喜悦感时，这绝不算是德行。德行应该包含：当责任有所要求时，我们要克服天性，做出责任要求的事，就我所知，这正是世人很少能够做得到的。

我天生敏感而善良，同情心泛滥至懦弱的地步，我的心灵会因一切认定为慷慨的行为而感到欣喜若狂，如果有人只要打动了我的心，我便会富有人情味儿，还会按照兴趣甚至兴之所至，乐善好施、乐于助人；如果我是最有权势的人，我一定会是最善良、最宽厚的那一个；而只要给了我报复的能力，就已经足以平息我内心所有报仇的欲望了。即便违背了我自身的利益，我都能毫不勉强地保持公正，但如果是有损于我所爱惜的人的利益时，我就无法下定决心照样去做了。一旦我的责任与我的心产生了矛盾，前者很少能获胜，除非我仅仅要做的，就是克制住自己。所以，尽管大多数时候我都很坚定，但要违背天性而行动，却是不可能的。不管是别人命令也好、责任驱使也好，或者迫不得已必须要这么做也罢，只要我的心沉默不语，我的意志无动于衷，我就不会遵守这样的命令。当我看到邪恶对我的威胁时，也只能任它来临，而不会急于去应付它。我也尽力试过阻止，但这种努力很快便让我厌倦不已，而且精疲力竭，我便不再继续了。所有事，只要在想象中是我不能满怀喜悦去做的，我很快便不可能去做它了。

此外，若我的愿望得到的是有限的赞同，那也足以使它彻底泯灭了，只要这限制稍微表现得强烈一点儿，便足以把我的渴望变成反感甚至厌恶。正因如此，当人们要求我做好某事时，我只觉得辛苦难受，而当人们不再强求时，我却能自觉地做好了。一件单纯、无偿的好事，当然是我乐意去做的。但当这件好事的受益人，以此为由要求我继续帮助下去，否则可能会恨上我；当他因为我最初乐于做他的恩人，而想要令我永远成为这样的人时，自那一刻起，我便只能感到不适，而乐趣完全消散了。这样下去，即使我真的退让了一步，那也是出于软弱和不正常的难为情，而真正的诚心却荡然无存，我不但远不能为自己的行为感到欢欣自得，反而要因为违心的作为而受到良心的谴责。

我知道确实存在某种默契和契约，恩人和受益者之间的这种契约就是最神圣的一类。他们彼此之间会形成一种关系，比起平常普通人之间的联系，更加紧密。如果受益人遵守约定，默默地心怀感激，只要他不做出失去资格的行为，那么，施恩者也同样会按照约定，向对方保持善意，就如同之前已有所表示的那样；并且每当对方有所要求，而自己力所能及的时候，施恩者还可以重新提供帮助。这些并非明文规定的条件，却是他们双方之间刚建立起的关系，自然而然产生的结果。一个人一开始，便拒绝按别人要求那样，提供无偿的帮助，也就没有给予被拒绝之人任何权利来抱怨；而在类似情况下，一个人拒绝履行他之前承诺要给出的同样的恩惠，那就是他先允许别人心怀期待，接着又使人失望；他辜负和否定了他自己让别人产生的期望。我不懂为什么人们总觉得，这种拒绝比起第一种来说，更不公平也更令人难受，但第二种拒绝，更多的是受一颗热爱自由、无拘束的心所影响，而人心也不会毫不挣扎地就放弃独立自由呀。当我偿还一份债务时，这是我应承担的责任。把完成责任当作乐趣，那是那些行善已习惯成自然的人，可是我们天性中立刻出现的想法，还高尚不到这种程度。

在那么多的悲伤经历之后，我学会早早地预计，我的初始行为随后会导致怎样的结果，我常常克制住自己不要去做那件我本来很想、也有能力做到的好事，因为害怕如果贸然投身其中，而后却会遭到被束缚的结果。我也并非一直都有这样的担忧，正好相反的是，年轻时候的我曾致力去多行善事，我帮过的那些人同样也对我怀有深情厚谊，我常常感觉那更多是出于感激，而非利益所致。而一等到我的不幸遭遇开始之后，不管在这一方面，还是在所有其他方面，所有事情都变了样子。从那时起，我就生活在新的一代人当中，他们与前人毫无相似之处，而发觉了别人对我所抱有的感情有变，我对他们的感情也经历了诸多变化。在这截然不同的两代人当中，我陆陆续续见过的同一批人，可以说是一个接一个地互相同化了。他们原本是多么真诚坦率，却像其他人一样，变成了现在这个样子；仅仅是因为时代变了，这些人也跟时代一样变了呀。唉！我还怎么能对他们保持同样的感情呢，现在我对他们所怀有的看法和当初产生情谊那时已经完全相反了。我并不恨他们，因为我不懂得憎恨；但我忍不住也克制不了向他们表示鄙视，这是他们所应得的。

也许在我未察觉的情况下，我自己也经历了应有的改变。身处类似于我这样的处境中，哪种性情能够抵得住、毫不变质呢？二十年来的经历使我相信，天性中带来的、所有能让我心灵感到幸福的爱好秉性，拜命运和那些拨弄我命运的人所赐，现在变得有损于我自己和别人了。我无法不将摆在面前要我去做的善事看成是别人为我设下的一个陷阱，下面藏着某种灾难。我知道，不管这善行的结果如何，我高尚的初衷都不会使功德失色。是的，功德应该是一直存在的，但其内含的吸引力已不复存在，而一缺少这个兴奋剂，我就只能感觉到内心一片冰寒冷漠。我确信，自己做不了什么真正有用的事了，我所有行为只能是受骗上当的把戏，因自尊而起的愤怒，加上理智上的不赞同，只会激起我对这种事情的反感和反抗之情，而就我本性而言，还满是热心和赤忱呢。

有一些厄运，会让人心灵变得崇高而坚强，而有些却会让心灵深受打击，进而毁灭，而我就正是这种厄运的牺牲品；只要在其中撒上一小撮邪恶的酵母粉，我所蒙受的厄运便能膨胀到极致，把我逼疯；但它也不过就是能让我变得无用而已。既已处于这种对人对己都无所助益的地步，我就干脆什么也不干了；而处于这种状况既然是别人强加于我的，那我也就是清白无辜的，倒是使得我可以无可指责地、充分投身到我自己天性的嗜好中去，寻找温情的慰藉。也许我是矫枉过正了吧，因为我避免了所有有所行动的机会，甚至在有些我看到做出行动只有好处的时候。可有些人是不会让我看到事实的真相的，于是，我绝不会按照人们给出的事情的表象来做出判断，也不会被人们掩盖住的行为动机所诱惑，只要这些动机摆在了我的面前，我就能确信它们都是骗我上当的陷阱。

我的命运似乎自童年时，就已给我布下了第一个陷阱，它使我在很长的时间里，都轻而易举地一再陷落。我生来就最容易轻信他人，而且在整整 40 年时间里，这份信任都没有一次落空。然而，突然坠入另一种范畴的人与事当中，我一下子深陷万千荆棘，却未有丝毫察觉，连 20 年的经验，都不足以让我看清自己的命运。可一旦确信那些人在我面前，他们慷慨献上的装模作样的表演中，只有谎言和虚伪，我便很快过渡到了另一个极端：因为当人一旦放飞天性时，就再也没有什么限制可以遏制住他了。从那时起，我就厌恶人类，而在这一点上，我的意愿与他们的意愿正好一致，比起他们阴谋诡计导致的结果，我的本心更加使得我对这些人避而远之。

他们简直是枉做小人：我的厌恶之情永远也不会达到憎恶的地步。一想到他们为了限制住我，自己也受到我的牵制，我都要真心地怜悯他们了。如果说我尚且不算太坏的话，他们自己才是倒霉呢，而每次我回归本我，都会发现他们才值得同情。这种评价中，也许还掺杂了自尊自傲，我觉得自己都太过不屑于去恨他们了。他们顶多也就让我有点兴趣去鄙视一番，但绝不至于仇恨；总归我还是太过于自爱，而不会去恨随便什么人。那样只能是缩小压抑住了自身的存在，而我更情愿我自身存在扩大到整个宇宙中去呢！

我宁愿避开他们而不是去恨他们。他们的样子刺激我的各种感官，内心隐隐从他们那里感受到的千百种冷酷的目光，让我倍感痛苦，而一旦造成这一切的东西消失，这种心烦意乱也就立刻停止了。我关注他们，完全是因为他们出现在了我的面前而勉强为之；绝不会刻意地去想起他们。只要再也见不到这些人，他们对于我来说，就如同根本不存在一般。

只要是在涉及我本人的事情上，他们对于我来说就是无关紧要的人；不过关于他们彼此之间的关系，倒是还能引起我的兴趣，让我兴奋起来，我就像是观看戏剧里的人物角色们表演一样。我的道德标准必定是消失殆尽了吧，那样的话，对我来说公正才会变得无关紧要。然而，不公正和邪恶的场景，还是会让我热血沸腾、怒气冲天；而看不到任何夸大或做作的高尚行为，也总能使我高兴得颤抖，且难忍温情的眼泪。但必须是我亲眼所见，有感而发，因为在我的亲身经历之后，我若是还随随便便就接受别人的判断，或是因信赖他人而简简单单地相信什么的话，那我一定是失去了理智。

如果就像对我的性格本性毫无了解那样，人们对我的外貌特征也一无所知的话，我还是可以毫无困难地生活在他们当中的。只要我对他们而言，是个完全的陌生人，他们的社交生活甚至会让我挺开心的呢。我可以无拘无束地沉浸于自己天性的爱好之中，如果他们不来烦我，我倒会颇喜欢他们的吧。我会对他们表达出一种普通的、完全公平的和善态度，但永远不会再对他们抱有特别的依恋之情，不会承担任何责任的枷锁，我可以毫无拘束地回报他们因自私引起的、受限于他们自己的法律而想方设法对我做的那些事情了。

如果我始终是自由的、默默无闻、孤身一人，就像我曾尽力做到的那样，我肯定只会做好事：因为在我内心中，连一丝有害情绪的萌芽都没有。而如果我能不被人察觉且如上帝一样全能，我也定会如他一般慈悲高尚。权力与自由成就杰出之人，软弱和奴性只能造就恶棍。如果我能拥有吉瑞斯的指环[①]，它就能让我摆脱他人的束缚，而让我反过来支配他人。我经常自忖，在西班牙的城堡里，我会用这枚指环做什么呢？因为正是在那样的时刻，掌握权力的不远处就是滥用权力的诱惑。掌控权力能满足自己所有欲望，能为所欲为，不被他人所欺骗，这时我还会坚持、渴望什么呢？只有一件事：那就是看到众生喜悦。看到普罗大众的幸福，是唯一永远能触及我心灵的

① 传说中一枚可以隐身的神奇指环。

一种感情，而达成这一幸福的热烈愿望，也是我最坚定的渴望。永远公正而不偏向，永远善良而不软弱，我既不会有盲目的怀疑，也不会有无比的怨恨；因为能看清人类的本性，轻易地读懂他们的内心，我不会觉得他们多么可爱到值得我付出感情，也不会感到他们多么可憎到配得上我的仇恨啦。而了解到他们想要伤害别人时，自身也遭受相当损失后，他们的恶毒甚至会让我对他们心怀怜悯。也许在某些开开心心的时刻，我一些孩子气的举动偶尔会成为奇迹呢；但我会完全地对己公正，我的天性只会让我遵从法律，在面对某些严肃的司法行为时，我也会做出各种公正的宽大处理。根据我的权力，作为天意的使者和其法律的执行人，我会创造出比那些金光闪闪的传说或圣美达尔之墓更智慧、更有用的奇迹来。

这是唯一一点，隐身穿墙的能力、对我充满诱惑的地方，让我难以抗拒，而一旦我走上了这条邪路，又会被引到哪里去呢？与其给自己脸上贴金地说：这些能力并没能诱惑得了我，或者说理智阻止我走上这条致命的滑坡；还不如接受我对自我和本性还把握不足。在其他方面我可以有自信，可独独在这一点上迷失了自我。一个能力高于他人的人，也应该超越人类的弱点，否则这种超卓的能力只会让他实际上屈居人下，让他甚至还不如从前是一个平凡人的时候。

思前想后，我想我最好是在魔力指环使我做出蠢事之前把它扔掉。如果人们固执地把我当成另一类人看待，而我的样子总激起他们不公正的看法，那为了不让他们看见心烦，我就只能与他们互不相见了，却不该是我从他们当中消失，他们才应该在我面前躲起来、别再对我耍花招、藏起来不见天日，像鼹鼠一样深居地底。对我来说，他们可以随便怎么看我，这样才好呢，但这对他们而言却是不可能的；他们永远也不可能在我身上，看到那个被他们自己造就出来，可以让他们随心所欲、尽情仇恨的那个让·雅克了。若还会被他们看待我的方式所影响，那我就大错特错了，我不应该对此有一丁点儿真正的兴趣，因为他们那样看待的人根本就不是我。

从所有这些思索中，我能得出的结论就是，我从未真正地适应这个到处都是阻碍、义务、责任的世俗社会，我独立自主的天性使我永远不能接受那些对想要生活在人群中的人来说必要的束缚。只要我能自由自在地行动，我就是善良的，只会做好的事情；但只要我一感觉受到桎梏，无论它是必要的或是他人给予的，我就会变得叛逆或者不如说是倔强，于是我就没用了。当必须要违背自己的意愿去做事时，我什么都不会做，不管后果如何；可我甚至也不会只按照自己的意愿去做事，因为我太过于软弱。我克制住自己、毫不作为；因为我的软弱会影响到行为，我所有的力量都会带来反面效果，而我的罪过更多的是在于太过疏忽大意，极少是出于本意而犯错。我从不认为人的自由在于能够为所欲为，而应该在于能够不做自己不愿做的事，这就是我所始终主张、经常还有所保留的观点，而正是这点，使我成为同时代人眼中最为可耻之人。因为，对他们这些积极、好动、野心勃勃的人来说，他们厌恶别人拥有自由，自己也根本不要自由，只要能时而按自己意愿行事或凌驾于他人的意愿之上，他们宁愿一辈子委屈自己来做自己也讨厌的事情，为了能支配他人而不惜自己卑躬屈膝。他们的错误并非是把我当作一个无用的成员，从社会中隔离开，而是错在把我当成毒瘤驱逐出去；因为，我的确很少做好事，我承认，但是要说起恶意，它却也从未存在我的意愿里或我的一生中，我甚至怀疑世上是否有人真的比我做的坏事更少呢。

CHAPTER 7

漫步七

记录我这些漫长幻想的文集刚刚开了个头，我就觉得它快要结尾了。另外一种消遣方式取代了它，让我沉迷，甚至占去了我之前用来幻想的时间。我对它极度迷恋，沉湎其中，情态几近荒谬，让我自己反思都不禁嘲笑起自己来。但我仍旧放任自己更加专心于此，因为就我所处的环境而言，我已无须遵循其他那些行为准则，而只需无拘无束地完全听从自己的天性而已。我已对自己的命运无能为力，仅剩一些无害的爱好。而他人的评判从今以后对我来说都是毫无意义的，明智的做法就是在自己力所能及的范围内，干些让自己开心的事情得了，要么是在大庭广众之下，要么是独自一人的时候。我自己那些奇思妙想没有别的规则要遵守，因为除了我仅剩下的那么点儿力量，做什么再也不用受其他的限制。于是，现在的我就以草叶作为我的食粮，以植物学作为日常消遣。上了年纪以后，在瑞士时我曾经从迪万努瓦医生那里获得过一些粗浅的知识，其后在旅居各处时，为了掌握基本的植物领域内的知识，我也颇为乐在其中地收集过植物标本。但在年过花甲之后，在巴黎又是深居简出，已经没有精力去做那些四处游逛采集标本的活儿了；又因为沉迷于抄乐谱而不需要其他的日常消遣，于是，我就放弃了这个已不再需要的爱好：我卖掉了标本簿子，也卖掉了书，散步时偶尔再度看到那些在巴黎周围常见的普通植物就已经心满意足了。在这段空白期当中，我所知的那点儿皮毛知识很快便从记忆里几乎完全消失，比起我之前记下它们的速度可要快得多啦。

然而，突然之间，65岁都过了，当初的那些事几乎从记忆中完全消失，且所剩的那丁点精力也不足以去田野中游走了，既无指导，又无书籍，没有花园，更没有了标本簿子，我却又重拾起了当初那股子狂热，甚至比当年第一次沉迷时劲头更足。于是，我严肃认真地开始执行一项考虑周详的计划，要用心学习穆莱的《植物界》[1]这本书，并且要熟悉地球上所有的著名植物。情势不允许我重新购买那些植物学的书籍，我便打算将别人借给我的那些资料全部誊抄下来，还决心要做出比我第一本标本簿子内容更加丰富的册子，而在我把所有海洋植物、阿尔卑斯山的植物品种以及所有印度树种放入这本册子之前，我总是先从海绿、香叶芹、琉璃苣和千里花等这类唾手可得的植物入手；我能十分轻巧地从鸟笼上采集到标本，而每次发现了一株新的小草，我便会满意地嘀咕：啊哈，又找到了一棵呢！

我不想为自己决定去执行这番奇思妙想做什么辩护，而是把它看作是理所应当的。我以为就我目前的处境而言，全心投入到能令我愉悦的消

① 瑞典博物学家穆莱（Murray），曾为林内的《自然系统》作拉丁文序，名为《植物界》。

遣中去，不啻为大大的明智之举，甚而是一项高尚的善行：这是一种免于在我心中迸发出任何报复或仇恨萌芽的方式。因为，要在我这样的命数之中还能找到对某些消遣娱乐的兴趣来，那必然是本性里所有怨憎的情绪已经消磨殆尽了才行。这其实正是我用自己的方式在报复那些迫害我的人，我觉得，对他们最残酷的惩罚就是无视他们而悠然自在。

是啊，也许理性允许我，甚至是指示我沉湎于这项吸引着我的爱好，而且也没有什么东西妨碍我这么做；但理性却并未让我明白为何这项爱好如此吸引我，或是在这项并无收益亦无进展的徒劳无益的研究中，是怎样一种诱惑力让我这么一个老朽迟钝、既无才能又健忘的啰唆的老糊涂虫，竟又被拉回到年轻人的那些活动和小学生们的课业中去了呢？然而，这也正是我想要说清楚的一件怪事儿；在我看来，很显然，我将余生的闲暇时光都用在了解自身上去，而我的理性正可以给我这份儿了解提供一些新的视角。

有时候我会思考得相当深入，但很少能从中得到什么乐趣，几乎总是违背自己心愿或者差不多是被迫去这么做：幻想能消除我的疲惫，使我欢愉，而思考却让我疲倦，令我悲伤；对我来说，思考始终是一项辛苦而无意趣的工作。有时候我的幻想会被深思终结，但更常见的，是我的深思最后却变成了幻梦；而在这些思绪走错路的时候，我的心灵便插上了想象的翅膀，在宇宙中游荡翱翔，沉浸于这种心醉神迷之中，超越了所有其他享受。

当我品味着这种全然纯粹的乐趣时，其他的一切事情对我来说都是索然无味的。可一旦我被某些奇怪的冲动驱使而投入到文学生涯中，我又感到这种精神上的劳动带来的疲倦，以及那不幸的名声引来的附骨之疽。同时，我还感觉到了我那些甜美的幻想日渐枯竭和淡漠，很快我又被迫要为自己的悲惨处境勉强操起心来，只有寥寥几次能重新体会到那些在50年岁月中，取代了财富和荣誉、使我心醉神迷的珍贵感受，它只需要花费些时间，无需其他代价便能让我优哉游哉地成为世人中最幸福的一员。

我甚至曾担心过在我的幻想中，想象力会被我的各种不幸吓倒而最终转向负面发展，担心那些连绵不绝的痛苦感受会逐渐紧攫住我的心并最终让我不堪重负。在这种状态下，一种自然而然的直觉使我本能地避开所有让人悲伤的念头，强令我的想象力平静下来，而把注意力集中在那些环绕在我周围的事物之上，这也让我第一次仔细地关注大自然的景色，而直到那时为止，我之前基本没有对大自然做过什么全面大量的观察呢。

各种树木、灌木和植物构成了大地的装饰和衣裳。没有什么是比看到一片光秃荒芜的原野，展现在眼中的只有岩石、淤泥和沙子等更加悲凉的事情了。但在溪水潺潺、鸟语花香之中，如同穿上华丽婚服般被自然万物赋予了生机活力时的大地，提供给人类的是自然三界的和谐共处，是充满生命力、让人兴味盎然、妙趣横生的景象，是世上唯一一种让人双眼和心灵永不厌倦的景象。

一个沉思者所拥有的心灵越是敏感，便越会沉浸到能激发内心并与之协调一致的心驰神往的状态中去。于是，一个甜美而深沉的幻想便会占据他所有的感官，他会带着一种美妙的熏然欲醉之感迷失在这片广袤无垠的美好天地中，感觉自身已融入其中。然后，所有个体的事物都从他眼前消失了，除了这整片天地他再看不到、也感受不到别的东西。除非有某种特殊的状况压制住他的思绪并限制住他的想象力，他才能够去一点一点地细细观察这个自己竭力要理解把握的整个宇宙呢。

这就是自然而然地发生在我身上的事情，当我的心灵受困于悲伤不幸时，它便将所有的活动集中聚焦在自己周围的事物上，以此来保留住那随着我日益陷入沮丧气馁中，而就快要熄灭消散的热情的残渣。我常常在树丛和山野间无精打采地游荡，不敢深思，就怕又激起那些苦楚。我的想象力逃避开那些引发伤痛的事物，便放任各种感官沉浸在身边这些带来了虽然细致但却温和的感触的事物中。我的目光不停地从一样东西转移到另一样东西上，而除了这片宽广无垠、多姿多彩的天地，再也不可能找到别的能使我的目光更加专注、停留更久的地方了。

我从双眼的这种消遣活动中深得趣味，它让精神在厄运中得到休憩、娱乐和纾解，并且阻断了那些痛苦的感受。各种事物的天然之态大大有助于解闷散心，并且使这种消遣显得更加有吸引力。它们那些香甜的芬芳、鲜艳的颜色、高雅的形态好像是在争着抢着要获得吸引我们注目的权利似的。只要喜欢这种乐趣就能全身心投入到这些无比甜美的感受中去。然而，如果有些人接触到这些事物却并没产生类似效果的话，那他们都是些缺乏对大自然的感性的类型，而其中大部分人的精神已经被别的什么想法塞满了，也只能是在私底下偷偷地研究一下那些触及感官的事物了。

一些有品位情趣的人也并不太关注植物界，而另一件事更加助长了他们的这种疏离；那就是他们仅仅习惯于在植物中寻找制作药品药剂的用途。德奥法斯特[①]倒是采取了不同的做法，我们可以把这位哲学家看作是古时候唯一一位植物学家了；也同样因此他几乎不为我们所知，不过幸亏有那位迪奥斯克里特[②]先生——他是一位伟大

① 公元前3世纪哲学家。

② 公元1世纪学者，崇尚植物的药用性。

的药典编录家——以及后来的那些评论家们，医学最终征服了各种植物，使它们变成了单一性质的东西，人们只能从中看到这些单一的特性而再发现不了其他的，只愿意去了解被张三李四们擅自赋予植物的那些所谓的功效。人们并不觉得植物的结构本身值得引起任何注意，那些一辈子故作高深地摆弄着药瓶药罐的人嘲笑植物学，按照他们所说，如果不研究植物的特性，那植物学就是一门无用的学科，也就是说，我们得放弃观察大自然——虽然它从不骗人且从未对我们说过上述那些话——而单单去相信那些人类中的权威人士；而这些人才是真正说谎的人吧。他们斩钉截铁地断言了好多东西，又让我们凭他们几句话就必须得去相信，而他们这些话很多时候本身也是建立在其他权威人士的主张之上的。如果你在一块开满鲜花的牧场停下脚步，去逐个地观察那些使其显得灿烂辉煌的花朵时，看到你这么做的一些人，会把你当作江湖郎中，向你讨要一些草药去治疗什么小孩子上火啊、大人长疥疮或者马儿的鼻疽病之类的病症。这种讨厌的偏见在其他国家已经部分地得以消除了，特别是在英格兰，多亏了林内，他将植物学从药物学派中稍许分离了出来，将之归入了自然历史和经济用途的范畴中去；但是在法国，这项研究还尚未深入人心，世人依旧停留在极其落后的观点上，以至于一个教养良好的巴黎人在伦敦看到一座稀奇的种满树木和稀有植物的花园时，他只会充满赞叹地叫嚷道："看看这个壮观漂亮的药剂师花园吧！"照这么看来，世上第一个药剂师就该是亚当了。因为，实在不容易想象得出来还有比伊甸园搭配得更加美妙的花园了。

这些药用方面的观点，是肯定不适合让植物学变得讨人喜欢的，它们会让缤纷的草地干枯憔悴，使鲜花颓败失色，连小树林都不再清新宜人，会把青枝碧叶、绿荫丛丛都变得平淡无奇、令人反胃；而那些形形色色的魅力无穷、优雅别致的植物构造，也根本吸引不了那些只愿意把它们丢进研钵里捣碎的家伙们，他们可是绝不会在用来灌肠的草药里去找什么牧羊女的美丽花环的。

所有这些药剂方面的胡说八道，一点儿也不会玷污我心中田园风光的景象，那些药汤药膏什么的离我可是远得不能再远啦。一边看着邻近的田野、果园、树木和其间居住的各种生物，我经常一边想着整个植物界简直就是大自然赠予人类和动物们的一个食品店啊。可我脑海中从未有过要在这里面寻找药物、药方的念头。在这些丰富多样的各种产品中，也没有哪一种向我显示出它具有类似的用途，而即便大自然给我们指出了用于药方的种类，它也就是给了我们选择的自由罢了，就如同它对那些可食用的品种所做的那样。我甚至觉得，那种残病人群的思维方式，老是让人想到些发烧、结石、流鼻涕、癫痫什么的，真是会把我在田间树丛散步时的兴致给破坏掉呢。尽管如此，我也丝毫不打算和人争论那些人们赋予植物们的伟大的药用功效，我只能说假设那些功效都是真实的，那么，让病人们一直病着就是纯粹的恶毒了，因为在人类互相传染的如此多种疾病当中，应该没有哪一种是20种草药无法彻底治愈的吧。

那种始终把所有一切和我们的物质利益联系在一起的思维方式，会让人到处寻找受益或救治的方法，可假如身体无恙则会使人用冷漠的态度对待整个大自然。这一类的想法从来都不是我所主张的。在这一点上，我所想的和其他人完全背道而驰：所有能满足我需求感的东西都会使我悲伤，让我的思想变质，只有完全失去肉体方面的欲求，我才能体会到精神愉悦的真正魅力。因此尽管我相信药物的效力，尽管那些药品的确让人感到惬意，然而，当我发现这种感触与肉体相关联时，就无法沉浸在单纯而无私的观赏给我带来的愉快里，我的心灵也不能够欣喜若狂地徜徉于大自然之中了。另外，以前我大加信任的并非是医学本身，而是我所敬重并且爱戴的医生们，我把自己的身体交给他们，任由他们全权支配。15年的经历才让我吸取了教训，现在回归到任凭自然法则施为之后，我反倒初步恢复了健康。即便那些医生们之前对我没什么特别的不满，可谁又会为他们现在对我的仇恨态度而感到惊讶呢？我就是个活生生的证据，证明了他们那些手段完全是自吹自擂，而所谓的治疗根本毫无用处。

不，没有什么个人或是与肉体利益相关联的东西能够真正占据我的心灵。我只有在忘却自身时才能进行更加美妙的冥思和幻想。我感到一种无法言喻的心神迷醉和欣喜若狂，可以说让我融化在了生灵万物的循环之中，与整个大自然合为了一体。从前当人类是我的兄弟时，我也曾做过一些计划，想获得俗世间的至乐，这些计划与全局相比始终是片面的，只有在大众的极乐里，我才感到自己是幸福的，我心中从未想过只追求个人的幸福，直到我看到我的兄弟同胞们居然专门把他们的快乐建立在我的痛苦之上。而为了避免去仇恨他们，我只得从他们身边逃开。于是，我躲到了我们共同的母亲这里，在她的怀抱中摆脱她其余的孩子们对我的迫害，我变成了孤零零一人，或者就像那些人所说的一样，变得难以相处、阴郁孤僻了，因为即便是最荒芜的孤寂状态，对我来说，也比充满坏蛋的社交圈子更可爱，他们可是大啖着背叛和仇恨而生的。

我被迫克制自己不去思考，害怕会无意中想起那些痛苦的经历；我被迫压抑住那仅剩的虽让人愉悦却也日益萎靡的想象力，因为最终它还是会被太多的忧虑苦闷驱散；我被迫要尽力去忘记那些用丑闻和污蔑打垮我的人，因为害怕怒火会使我变得对他们尖酸刻薄，然而，我依旧无法把全部注意力集中在我自己身上，因为我那颗爱倾诉的心灵，尽管经历过那么多，仍然试图把它的情感和它的存在摊开摆在他人的面前；我也不能够再像从前那样埋头沉浸在宽广无穷的大自然中，因为我日渐衰退减弱的才能再也找不出相当明确、固定且力所能及的目标，来让我极力专心致志地投入其中，而且我感觉自己不再有足够的精力，去遨游在从前让我陶醉无比的诸多事务中了。我的思维能力几乎已经没有了，唯剩一些感知还在，而我的理解力适用的范围也仅限于直接环绕在身边的一些事物上了。

逃离了人群，追寻着孤寂，不再尽情想象，连思考都越来越少，然而，与生俱来的活泼的脾性使我得以远离颓废麻木的状态和伤感忧郁的情绪，我开始关心身边的一切事物，并且出于一种自然而然的强烈直觉，我更倾向于那些让人喜悦的事物。矿物界本身没有什么可爱迷人的东西，它把珍宝都埋藏在大地深处，仿佛是为了远离人类的视线以免诱发他们的贪欲。它们就在那里，如同储备物一般，有朝一日可以真正作为财富的一项补充，那时随着人们逐渐的堕落，那些真正的财富已不再是触手可及的，并且人类也对它们失去了兴趣。这时候，人们就必须要想方设法、历尽艰苦，只有辛勤劳作才能让自己摆脱贫穷不幸，他得要深深挖到大地的肺腑中去，在地心中冒着生命危险并付出健康的代价，去寻找想象之中的财宝，来代替真正的宝物。其实只要他懂得珍惜自己所拥有的，大地早就已将后者赠予了他。他避开太阳和自己不配再看见的光明，活活地把自己深埋在地下辛苦劳作，从此不配再生活在阳光之下。在那儿，有采石场、竖井洞、炼铁厂、火窑、铁砧、锤子，还有烟和火，这些东西取代了田间劳动的美妙景象。那些可怜人在矿坑恶臭的蒸汽里日渐衰弱的苍白面孔，还有那些乌漆麻黑的铁匠和丑陋的独眼畸形们的脸，都是矿场设备造就的场景，它们位于地心深处，取代了大地表面的绿草鲜花、蔚蓝天空、恋爱中的牧羊人和那些强壮的农夫们。

我承认，去收集些沙子石块，塞满自己的口袋和书房，凭借这些装出一个博物学家的样子来，其实是一件非常轻松容易的事情。然而，那些仅仅关注并满足于这种类型的收藏的人，只是一些有钱却无知的平庸之辈，他们追求这些东西不过是乐于以此卖弄罢了。要想在矿物学研究上有所成就，那必须得是个化学家或物理学家，非得要做一些艰难而且昂贵的实验，在实验室中埋头工作，花费大量金钱和时间，还要身处在那些煤炭、坩埚、火炉、蒸馏罐和让人窒息的烟尘与蒸汽之中，经常还要冒着生命危险和付出健康作为代价。而这么可怜且累死人的工作，给一个普通人增加的学问甚至远远不及它带给人的骄傲。一旦偶然发现了某些可能是微不足道的化学公式，哪有一个平庸的化学家不是自认为已经参透了大自然运行的所有奥秘了呢?

动物界是更容易为我们理解，当然也更加值得研究的。但是归根结底，这项研究不是同样也有着各种困难，让人困惑、厌恶和辛苦为难之处吗? 尤其是对一个孤家寡人来说，无论是在他玩乐时或是在工作中，都没法指望得到任何人的协助。那要如何去观察、解剖、研究，去了解天空中的飞禽和水中的游鱼，还有那些比风更轻捷、比人类更强壮的走兽们呢? 我得跟在它们后面奔跑、竭尽全力地去制服它们，只有这样它们才会来到我面前供我研究呀。我也许可以去弄些蜗牛、毛毛虫、苍蝇之类，一辈子气喘吁吁地追着蝴蝶跑来跑去，把那些可怜的昆虫钉起来，如果能搞到几只老鼠就试着去解剖一下，或者在碰运气发现的动物尸体上动动刀子。动物学研究如果抛开解剖学就毫无意义了，正是通过它，人们才学会给动物们分类，区分它们的属、种。为了通过动物的习性和特征来研究它们，必须要有鸟笼、鱼塘乃至各种兽笼；还必须要用某种方式限制住它们，让它们就在我附近聚在一块儿待着。我却是既没有兴趣也没有手段把它们囚禁起来，也没有足够的精力在它们自由行动时跟在后面瞎跑。那么就只能研究死掉的动物了，把它们肢解、剔骨，在它们抽搐的内脏里从容不迫地翻来找去！解剖大教室里那一堆东西是多么可怕呀！那些恶臭难闻的尸体，那黏糊糊泡得发白的肉块，还有血、恶心的肠子、吓死人的骨架，还有那让人作呕的气味！我发誓，让·雅克绝不会在这里寻找什么乐趣！

灿烂的鲜花、缤纷的草地、凉爽的树荫、灌

木、小树丛、绿树碧草，快快来净化我那被丑恶事物污染的想象力吧！我那被各种剧变折磨得奄奄一息的心灵，除了一些极为感性的东西，已经感觉不到痛苦了；我只剩下一点点知觉，也只能通过它们让我触及俗世的痛苦与快乐。我被身边那些让人愉悦的事物吸引着，仔细端详着它们，出神地凝视着它们，将它们互相比较着，终于学会了给它们分类。我就这么突然地成了一名植物学家，我也需要成为这么一个人，想研究大自然，其实单单是为了能不断找到新的理由来继续爱着它罢了。

我并不追求要让自己学些什么：已经太迟了。再说，我从来都不认为诸多的知识就能有助于生活幸福。然而，我追求的是给自己找一些消遣，让我能够毫不费力地品味到单纯而温和的乐趣，可以纾解我的烦恼。我既不用花什么钱，也不用费什么力气，就可以漫不经心地在花丛草木之间游来逛去，去仔细观察它们，比较它们不同的特性，记录下它们之间的关联和差异，我还去观察植物的组织构成以便于追踪这些活生生的组织是如何运转和活动的，有时还能成功找出它们的普遍规律，以及它们结构各异的原因和结果。让我享受到所有这一切的自然之手，对它充满感激与爱慕，并全心沉醉在大自然的魅力之中。

就像天上的群星一般，植物好像是被过于充沛地散播在了大地之上，用来诱使人们出于喜爱和好奇来对大自然进行研究，但星辰们被放置得距离我们太过遥远，必须要具备起码的了解，一些仪器、机械还有很长的梯子才能让人得以靠近、触碰到它们。其实，植物天生就在那里了。它们生长在我们脚下，也可以说是握在我们手中，而假如有时候有哪些至关重要的部位实在太过微小，用肉眼无法看清的话，那些可以让它们变大、变清晰的工具可比天文仪器使用起来简单得多了。植物学是一项给悠闲懒散的孤家寡人的研究：一根钉子和一个放大镜就是他观察植物所需要的一切工具。他一边散着步，自由自在地从一个目标溜达到另一个那里去，他兴味盎然、好奇心十足地仔细查看着每一朵花，而一旦他开始掌握它们结构上的规律，便能从这些观察中毫不费力地体味到一种鲜活的愉悦，比起那些让他费心费力获得的其他乐趣丝毫也不逊色。人们只有在激情褪去后，心神宁静时，才能感受到这种看似无益的消遣之中自有其魅力存在，而且单单这种魅力便足以让生活幸福平静了；可一旦人们在里面掺杂了一种谋利的或是虚荣的目的，也就是说为了谋得某些职位或是为了写几本书之类的，如果人们只是为了教育别人而学习，或为了成为作家、教授而去采集植物标本，那么，这份宜人的魅力便消失殆尽了。在人们眼中，这些植物就仅仅是实现欲望的工具，在研究它们的过程中再也发觉不到任何真正的乐趣，人们想做的不再是去获得知识，而是卖弄自己所知道的东西，这时他们在树丛之中就像置身于俗世的舞台上一般，心心念念的就是如何获得他人的赞赏；要么他们的植物学研究活动就仅限于在自己的书房里，顶多也就是到花园中去，而不是去到大自然当中观赏各种植物，他们关心的仅仅是体系和方法，光这些内容就足以永远争论下去啦，它们既不能让人多了解一棵植物，也不会对自然史或植物界有任何启迪。由此，植物学家们之间又产生了各种仇恨、嫉妒、权威之间的竞争，激烈程度不亚于甚至更胜于其他领域的学者们。他们不但让这项原本十分可爱的研究变了味道，还把它搬到城市当中、学院里面去进行，于是，就像那些好新鲜的人在花园中种植的异国植物会长变样儿一样，植物学研究的退化情况便要更严重得多了。

各种各样的心绪使得我把这项研究当作了

一种爱好，它填补了我断绝了以往的诸多其他爱好之后的空虚。我攀爬上岩石和山顶，深入到山谷和丛林中，就为了尽可能地忘却人类，避开那些恶棍们的打击。我觉得置身于森林中，在树荫的遮掩之下，我似乎被人遗忘了，感觉自由而平静，仿佛我不再有任何敌人，或者是树木的重重绿叶能够护住我，不受他们的伤害。因为，它把那些人从我的记忆中驱逐出去，我甚至有了个蠢念头，幻想着既然我都不去想着他们，他们应该也不会再想到我了吧。我在这种幻想中感到极度的甘美，如果我的状况、我软弱的个性和各种需求能允许的话，我还真会完全沉湎其中了。我越是过着孤寂的生活，就越是需要一些事物来填补空虚，而那些想象力已不愿为我描摹、记忆也拒绝再为我呈现的东西就被这些大地的作品给取代了，它们全是自然而然生长出来、非人力强迫的。从四面八方簇拥到了我眼前。跑到荒郊野外去寻找新植物的乐趣，盖过了逃离那些迫害我的人的快慰，而来到这种看不到人迹的地方，我得以更加惬意地呼吸，就像置身于让他们的仇恨再也无法折磨我的一个庇护所一般。

我一生都会铭记那一天，到克勒克法官家附近的罗贝拉山一侧采集标本的经历。我独自一人，穿行在蜿蜒曲折的山间小路上，经过一片又一片树林，越过一块又一块岩石，最后到达了一个十分隐蔽的凹角。我一辈子也没见过如此荒凉的景象，黑松和高大的山毛榉间错地生长在一起，其中有好些树都老朽地倒在了地上，彼此交错纠缠，形成了难以穿透的屏障，把这处凹角给封在了里面；这层昏暗无光的遮挡植物中只稍稍露出了几处缝隙，由此只能看到外面如刀削斧凿般的陡峭山岩，以及我只有全身趴在地上才敢望一眼的可怕悬崖。山崖缝隙中传来了猫头鹰、鸮鸟和白尾海雕的叫声，还有一些稀奇的小鸟儿毫不认生地出现，才总算是稍稍缓解了此地瘆人的寂静无声。我在那里发现了七叶石芥花、仙客来、鸟巢花、大株的拉泽花和其他几种让我欢喜非常的植物，让我消磨了不少时间。但是，我的思绪渐渐地被周围这些事物带来的强烈观感所占据，我忘记了植物学，也放下了那些植株，坐在石松和青苔的枝叶上，开始尽情地遐想起来。想象着自己正身处在一个全世界无人知晓的庇护处，而那些害我的人绝对找不到我了。这幻想里很快还掺杂了一种自得之情。我自以为可以和那些发现荒岛的伟大旅行家们相提并论了，而且还沾沾自喜地自忖：我必定是第一个深入此处的人吧，几乎自认为是又一个新哥伦布了。正当我因这个念头而扬扬得意、志得意满时，却听见从不远处传来一阵叮叮当当的声音，好像还挺熟悉的样子，我侧耳倾听，同样的声音再次响起，还越响越疾。我既吃惊又好奇地起身，穿过一片荆棘从生的低矮灌木，朝着声音传来的方向走过去，而就在这个我本以为自己是首个造访者的地方，距离它不过20步的山脊之下，我竟然发现了一个手工工坊！

我简直不知该怎么表达发现它时心中那种混乱、动荡又矛盾的心情。头一阵情绪是喜悦之情，本以为自己是完全孤单的一人了，却又再次置身于人群之中。但这股子喜悦之情不过是瞬息之间，快如闪电地就被更为持久的痛苦取而代之了，仿佛就算是在阿尔卑斯山的岩洞之中，都无法逃脱那些矢志不渝要折磨我的人的毒手。因为我十分确定，就在这个工坊中，对蒙莫兰牧师为首制造的那场阴谋毫不知情的人，恐怕都不到两个吧，他说不定都把最初那批走狗们从大老远弄到这里来了。我赶紧驱开了这个悲惨的念头，最后我不禁讥笑起自己来，为我那无谓的虚荣心，也为我受惩罚的那种滑稽可笑的方式。

不过事实上，没有谁能够料想得到会在悬崖中发现一座作坊吧。全世界也只有瑞士才会出现这样原始大自然和人类工业的混合。可以这么说，整个瑞士就像是一个巨大的城市，有着比圣安托万街还要长和宽阔的街道，森林散布左右，又被山峦隔断，而零星分散、遗世独立的小屋之间，仅仅依靠仿佛英式花园的自然景观彼此联系在一起。说到这儿，我不禁回忆起另一次标本采集的经历，那时杜·贝鲁、德斯切尼、皮里上校、克勒克法官和我，我们几人花了好长时间攀登夏斯隆山，在山顶发现了七个湖泊。听说这座山上只有一栋房子，如果不是别人接着告诉房主是个书商的话，我们是肯定猜不出住在里面的人到底从事什么职业，而且他的生意在全国都经营得很不错呢。我觉得，比起所有旅行家们的描述来，像这样的例子，一个就能让人更好地了解瑞士这个国家了。

这里还有另一个相同性质或者说是类似的例子，可以让人更加了解一类非常与众不同的人群。我住在格勒诺布尔那段时间里，常常和鲍威尔先生一起去城外采集些植物标本。这位先生是当地的一名律师，他倒不是喜爱或者了解植物学，而是因为他自认为是我的贴身护卫，于是自己决定要在尽可能的范畴内寸步不离我身边。有一天，我们沿着伊扎尔河散步，走到了一处长满了刺柳的地方。我看见这些灌木上长着许多成熟的小果子，便很好奇地想尝尝味道。我觉得这些小果子那微微的酸味十分美味，便开始大吃特吃起这些爽口的小果子来。鲍威尔先生就站在我旁边，既没有效仿我的行为，也没有说什么话。这时，他的一个朋友从后面走过来，看见我正吞咽着果子，便对我说："哎，先生，您在干什么呀？您不知道这果子有毒吗？""这果子有毒？"我大吃一惊地叫道。"当然，"他回答道："大家都很清楚这一点呀，没有哪个本地人敢吃它！”我看着鲍威尔先生，问他道：“那您先前为什么不提醒我一下？”“啊，先生，”他用一种恭敬的语气回答道，“我不敢如此冒昧。”我大笑起来，这就是多菲内省人的谦逊方式，然而总算是终结了我的这顿小点心。我从前以为，就是现在也依然相信，所有自然生长的食物，只要是味道可口的就必定不会对身体有害，或者至少是在食用过量的时候才可能会有害。但是我承认，那天剩下的时间里，我对自己的身体健康稍微多加关注了一些。不过，我也只是有一点点担忧而已；晚饭吃得很香，睡得更安稳了，而且早上起床时生龙活虎的，尽管前一天吞了十几二十颗这可怕的沙棘果子，而且第二天格勒诺布尔的每个人都来告诉我说很小的剂量便能使人中毒。这件意外在我看来相当的有意思，每次回想起来，我都忍不住要笑话一通鲍威尔先生那古怪的小心谨慎。

为了搜集植物走过的那些路程，找到这些东西的地方触动了我，得到的那些各不相同的感受、当时脑海中产生的种种念头，还有采集过程中掺杂的诸多事件，所有这些都给我留下了许多印象，每次一看到在那些地方采集到的植物标本时，我仍然觉得记忆犹新。我也许再也看不到那些美丽的风景了，那些森林、湖泊、小树林、岩石，还有山峰，这些美景曾经屡次触动我的心灵。虽然现在我已无法再走遍这些美好的地方，但只要翻开我的标本簿子，它立刻就把我带回了当初的那些位置。我搜集的这些植物的残片便足以使我回忆起那时的一切绝妙景致。这本标本簿子对我来说完全就是一本采集日记，带着另一种新的诱惑力使我重新回想起当年的种种经历，并且它仿佛具有某种视觉重建功能一般，在我眼前将那些往日情景重新描绘出来。

就是这一系列附带的想法让我深深地迷恋

上了植物学，它使我在幻想中聚拢并唤醒了各种各样的念头，让我的想象力愈加得到了满足。在那些草地、溪流、森林之中获得的孤寂，特别是平静和安宁的感触，在记忆中被想象力不断地描绘出来。正是这份想象，让我遗忘了人们施加给我的迫害，忘却了他们的仇恨、鄙视还有他们对我的污蔑，让我忘记了这些人用各种恶行来回报我对他们温情而真挚的眷恋；也是它把我送到一些宁静的居所，居住在我以前曾经与之生活在一起的那些单纯而善良的人们中间。它使我振作起来，重新焕发了青春活力，带给我那些淳朴的乐趣，让我再度快乐起来，让我即便身处于普通人忍受不住的、最悲惨的命运之中，仍然经常地感觉到幸福。

CHAPTER 8

漫步八

仔细思考了一番我一生在遭遇各种处境时的心情，我极为惊讶地察觉到，我的命运多舛、错综复杂；而受其影响使我感受到或好或坏的情绪，两者却很少相互对应。那几段不同的短暂的荣耀时刻，并未曾像实际上影响到我一生那样，给我留下同样深刻而持久的愉快回忆，正好相反，倒是在一生经历的各色苦难当中，我却经常感受到充满了温柔、感人、令人回味的情感。它给我悲痛心灵的伤口上敷上了清凉的香膏，使痛苦转化成了快感，随后便只剩下这一种愉快的回忆还留在心中，而忘却了当时同样经历过的种种痛苦。我似乎更能够享受生存的痛苦滋味，在情感受到拘束限制时，我好像才是更加真实地活着。可以说，命运使我将情感仅仅投注于自身周围，且丝毫都不消散于外、关注到他人重视的种种事物之上；那都是些其实根本不值得重视、却自以为幸福的人唯一为之奔忙的事物。

当身边的一切都还井井有条，也对身边的所有事物和自己当时生活的小圈子十分满意的时候，我就对这个圈子倾注了所有的深情厚谊。我那颗活泼的心灵总是在其他的各种东西上流连，不断被远方的千百种趣味吸引着，常常有许多无比可爱的喜好充塞我的心，从某种程度上说，我甚至都过于忘我了，完全地投入到了自己并不熟悉的事情当中，然而在心灵持续躁动不安之时，就经历了人生的多番起伏兴衰。这暴风骤雨般的生活，既没有给我留下内心的平和，也没带来外部的安宁。表面上看来虽然是幸福的，然而，我并没得到一份能经得起反复思索推敲，而且让我感到真正满足的感情。我从来没有对他人，也没有对自己感到过完全的满意。这俗世的喧嚣使我厌烦，却又厌倦了孤单一人，于是我需要不停地换个地方，可无论待在哪儿，我都感觉不适。不过那时，我起码还是受人款待、颇受欢迎的，到处都被人以礼相待、殷勤备至。我没有一个敌人，没有人对我心怀恶意，也无人嫉妒我。因为大家都争相向我示好，于是，我自己便也常常乐于施恩于很多人，虽然没有财产、没有职位、没有保护人、没有什么过人的才能，也没有名气，我却十分享受随着这些逢迎而来的种种好处，我都找不到还有哪个人能够处于像我当时那种极盛的状态。在我看来，命运不可能对别人比对我更加善待了。可是到底还缺了什么让我幸福的东西，我不知道，但我却清楚那时候的我并未感觉到幸福。

而现在，我又还缺少什么才会成为这人世间最为不幸的人呢？为了达到这个目的，没有什么是那些人不愿意付出的。然而，即便是在这样糟糕透顶的情势下，我也仍然不想与他们中最幸运的家伙交换处境和命运；我更喜欢在我的所有苦难当中做我自己，而不愿意做那些荣耀兴盛的人当中的任何一个。沦为孤身一人，我便自我充实好了，没错儿，就用我自己的思想来充实自己，而它是永不枯竭的。尽管我反复思索的可以说是虚无缥缈的东西，而且我日益干涸的想象力和渐趋熄灭的思想之火已不再能够为心灵提供多少养分了，可我还是很知足的。只是我的心灵却被衰老的器官所妨碍而不得快活，日渐衰弱；在这些巨大沉重的压力下，我再也没有足够的精力去像从前那样冲破外面这层衰迈的躯壳了。

正是厄运才迫使我们回过头来重新审视自己，也许正是这一点让大多数人把厄运当作最难以忍受的事物。可对我来说，我所犯下的那些仅需要自责的错误，都该归咎于我的软弱，于是我便能够自我安慰了，因为我的心从未受过预谋的恶念的拷问。

然而，除非是个蠢货，否则怎能眼看着我现在的处境而瞧不出他们把它变得有多么的险恶呢，或者甚至会死于这种痛苦和绝望之中呢？而我却根本没有这些反应，我这么个最最敏感的人，却能够泰然自若地眼看着自己的境况若此；既不挣扎，也不为自己努力做什么，几乎是冷漠地看着自己处于现在这种状态中，换了别人，恐怕谁都不可能毫不畏惧地承受这样的局面吧。

我是怎么做到这样子的呢？其实，刚开始怀疑自己早已深陷阴谋之中却毫无察觉时，我还远远没有现在这样平和的心境。这个新发现简直让我的世界天翻地覆了。这种耻辱和背叛使我毫无防备、震惊不已。哪颗正直的心能够预料得到这样的痛苦呀！只有应该承受这些的人才会对此有所防备吧。我从此掉进了人们在我脚边挖出的一个又一个的陷阱之中，愤怒、暴躁、狂乱完全控制了我，我简直不知所措、头昏脑涨，他们不停地把我拖入那些恐怖的黑暗之中，我找不到一丝可以指引我的光明，得不到帮助，没有让我可以保持坚强、抵抗绝望的任何支撑之物。

怎样才能在这么恐怖的状态下幸福平静地生活呢？我其实依然身陷绝境，甚至从未陷得如此之深，可我却找回了平和与安宁，而且就在这样的处境中生活得幸福平静，那些迫害我的人不断地折腾，只是白白地消耗了自己，我却可以一笑置之，而自己照样生活静谧。当我忙着研究花朵、花蕊这些过家家的小玩意儿时，甚至都根本没有想到过他们。

而这番转变又是如何形成的呢？自然而然地、不易察觉而毫无痛苦地就变了。最初的震惊确实很可怕，我一直以为自己是值得爱慕和尊敬的，总觉得受人爱戴和呵护，而且自己也配得上承受这些，然而，转瞬之间我就一下子变成了一个前所未有的可憎的怪物。我眼看着整整一代人都迫不及待地全数抱着这个离奇的念头不放，既不解释原因，也不加以怀疑，更加不会感觉到羞愧，甚至让我无从知晓这种奇怪的巨变的源头在哪儿。我激烈地挣扎却只是让自己越陷越深。我想要逼那些害我的人解释缘由，他们却缄口不提。我长时间地受着折磨无法摆脱，真的需要一个喘息的机会。然而，我总还是抱着希望，对自己说：“这么愚蠢盲目的想法，这么荒谬的偏见，不可能控制得住整个人类的。一定会有一些有理智的人不会赞同这些胡言乱语；一定有些正直的灵魂会厌恶这种欺诈和这些背信弃义的人。去找吧，我最后应该能找得到这么一个人的；如果我找到了，那些家伙们可就狼狈了。”可我的寻找却是徒劳无益的，根本什么都没有找到。这是一条共同一致的战线，没有任何人例外，没有逆转的希望。我确信，自己要在这种可怕的离弃中度过余下的日子了，而且完全不可能看透这个谜团。

就在这种可悲的处境之中，经过长时间的焦虑之后，我非但没有陷入那似乎已注定是最终结局的绝望之中，反而是重新找回了安详、宁静、平和，甚至是幸福。因为，现在我生命中的每一天都让我满心欢乐地回忆起前一天的愉悦，而我对于明天的希望也唯有快乐，而无其他。

这份淡然处之来源于何处呢？只有一个原因，那就是我总算学会了戴上我必须要戴的枷锁而不再埋怨不休。我从前还拼命抓握住千百样事物，而当这些支撑我的东西却都陆续离我而去之后，只剩下孑然一身，我才终于重新把握住了自己。压力来自四面八方，我之所以还能保持得住平衡，也就是因为我不再依附于其他东西，而仅仅依靠自己。

当我激愤地站起来对抗舆论时，其实就恰恰是给自己套上了舆论的枷锁，而且还对此毫无察觉。人们总是想要获得来自自己敬重的人的尊重，而只要我还断定别人，或至少某些人是值得重视的，那么，他们怎样评判我对我而言就不可能是无关紧要的。我认为，公众的评判通常还算是公正；但是我没发现，这种公正其实是出于偶然的结果。这些人的观点所依据的规则，只不过是处于他们的激情或是激情所造就的偏见罢了，而即便他们的评判是合理的，这正确的评判也往往是源自某个错误的原则，比如，当他们假惺惺地装出一副赞誉某人获得成功的样子时，其实并不是出于公正无私的精神，而是表面上装作不偏不倚，而同时却在别的方面肆意诋毁着同一个人。

但当经历了长时间而且并无收获的探寻之后，我才终于发现他们无一例外地全部坚信着那种邪恶意志所能编造出的最不公正、最为荒谬的一套故事；当我看到他们所有人只要一针对我就理智全无、丧失了一切公理之心的时候；当我看着这狂乱的整整一代人，被他们的引导者带领着、全部都疯狂地投身于反对一个从未作恶、也不愿作恶、从没伤害过他人的不幸的人时；当那番对知音的寻觅最终还是徒劳无果后，我终于不得不熄灭了所有的希望之灯，对自己大叫：根本就没有这样的人存在了；于是，我才开始发觉自己在这世上赫然是孑然一身，也才明白和我自己相比较起来，我那些同时代的人只不过是些机械式的存在，他们只会依据冲动而行事，而我只能从他们行动的规则来推算他们的所作所为。也许，我能够揣测出他们心中的某些意图和某些情绪，但它们也不足以用我能够理解的方式来解释这些人针对我的诸多做作。也正因如此，这些人的内心感受于我而言就不再是应该关注的东西了；从他们身上，我看到的不过是一些样子不同的空白躯壳而已，都是早已失去了所有道德精神的行尸走肉。

在我们所经历的所有苦难当中，我们更看重其意图而多过于其结果。一块瓦片从屋顶滑落也许会让我们受伤更重，却不会像从不怀好意的手中存心扔出来的一颗小石子那样，让我们伤心难过。打击有时可能不会奏效，但它的恶意却不会达不到目的。命运带来的打击当中，有形的痛苦是人类能感受到的最轻微的了，当那些倒霉蛋儿找不到能为他们承受的不幸负责的人时，他们就将之归咎于命运。他们把命运拟人化，给它添上眼睛和智慧，这样它就能刻意折磨他们了。这就像是一个赌徒输掉了全副身家，怒不可遏却不知道应该怪谁。于是，他就臆想出有那么一种命运在刻意地针对他，一心要折磨他，这样就给自己的怒火找到了助燃剂，他便精神振奋、激情燃烧得要和自己臆造的这个敌人对抗起来。但是一个智者，他只会把自己遇到的种种不幸都视之为不辨是非之人的不可避免的打击，却绝不会做出那些失去理智的躁乱行为，他会因悲苦而呐喊，却不会激狂，也不会暴怒；他会因那些以他为目标的有形的攻击而感到痛苦，但他受到的打击却伤害不了他的本性，因为没有哪一种打击能触动他的内心。

能达到这个程度已经很了不起了，而如果我们仅仅止步于此，这还算不上是一劳永逸。这只是切掉了疼痛的部分，却还留下了病灶祸根。因为，这个祸根并非生在和我们毫无关联的其他人身上，它就长在我们自己的身上，我们正是要在自身上下功夫才能将它完全根除。我一开始回顾审视自己时，就清楚地感觉到了这一点。我的理智向我指出，对发生在我身上的事情力求找出所有的解释，这完全是个荒谬的想法，我也总算明白了，这些我不了解、也解释不清的事情，发生的原因、手段和方式，对我来说恐怕都是毫无用处的。我就应该把命里的种种细节当成纯属命中注定的闹剧，对此不需要去揣测它们的方向或意图，也不需要猜测其道德方面的缘由；我就应该乖乖地屈从就好，而不要试图讲理或者反抗，因为这些毫无用处；我在世上唯一剩下该做的事，就是把自己看成是一个纯粹消极被动的人，完全不应该把那仅剩的一点儿忍受命运的力气，用在徒劳地反抗命运上去。这就是我对自己说的话。我的理智、我的心似乎都接受了这些，但我仍然感觉到这颗心还在咕哝低语。这低语声来自何处呢？我找来找去，终于找到了它，它来自我的自爱之心。在对那些人感到无比愤慨之后，这颗自爱之心又翻腾了起来，想要与理智对抗。

这个发现的过程可不像人们想象中那样容易，因为一个清白无辜的受迫害者，长时间以来都一直把他这个小人物的骄傲当作是对公正的纯粹大爱来看待的。但这真正的来源一旦为人所知，也就很容易枯竭，或者至少是很容易被扭转方向。自尊是骄傲的灵魂最强大的动力；而自爱之心，却容易让人产生幻觉，稍微改头换面就会被当成是自负；但当这种伪装最终被拆穿，自爱之心也就不用再躲躲藏藏，从那时候起人们也就没什么需要担心的了，就算很难扼杀掉它，至少也能够从容地控制住它。

我以前未曾有过太过于自爱的倾向；但当我身处俗世，特别是成为一个作家的时候，这种矫揉造作的情感确实曾一度被挑起来过；也许和别人比起来我的程度尚且较轻，但对我来说已经是相当过分的了。我为此而接受到的可怕教训便很快又将它压回到最初的界限之中；它开始还与不公正抗争过，但最后对这种不公却只有鄙视。它自我封闭在我的灵魂之中，切断了那些使自己变得越发苛求的与外界的联系，放弃与他人比较，也不再有过多偏好，我做出对己有益的事，它就颇为满足；于是，它又重新变回了对自身之爱，回复了自然的本质，将我从舆论的枷锁中解救了出来。

从那之后，我找回了心灵的安宁，几乎可以说是找到了一种极乐状态。在我身处某种状况之中时，就因为这自爱之心，才给我持续地带来了痛苦。当它沉默而由理智来发言时，后者就安慰我们，所有这些痛苦并非是依靠我们自己就能够避免的。只要这些痛苦不是瞬息之间就发生在我们身上，理智甚至能够消灭掉它们，因为只要我们停止为这些事儿烦心，就肯定能避开它们最伤人的攻击。对于不去考虑这些痛苦的人来说，它们什么也不是。对于一个在伤害中只会默默忍受而不在意伤害本身或其意图的人来说，对于一个从不去讨他人欢心而赢得尊重、且自身地位并不依赖于他人尊重的人而言，那些冒犯、报复、亏待、侮辱和不公正根本什么都算不上。随便那些人用什么样的方式来看待我，他们都无法改变我本身。尽管他们有权有势，也不管他们偷偷安排了多少阴谋诡计，随便这些人做什么，我都不理睬他们，只管继续坚持自我。他们对我所持的态度确实能影响到我真正的状况，而且他们在我与他们之间放置的那道隔膜也剥夺了我晚年赖以为生的一切资源和支持。甚至连金钱都变得无用了，因为它已无法买来我所需要的各类服务，在他们与我之间，没有了交易，也没有彼此的互帮互助，甚至连联络都不再有了。独自一人处于他们之中，我只有我自己作为唯一的财富，而对我的年龄和所处的环境来说，这财富实在是太微小了。那些痛苦当然是极重大的，可自从我学会毫无激愤地忍受之后，它们对我就失去了所有威力了。真正能感到确实有需要的时刻其实是非常少的。是预见和想象使它们滋生，也正是这些情绪的不断变化才让人担心、忧虑、深感痛苦。对我来说，知道明天将要受罪根本毫无用处，只要今天不受罪便足以让我平静下来了。我一点儿也不会因为预见到的磨难而不安，只会因现在感受到的痛苦而难受，而这一点倒是让我的痛苦缩减到极少的几件事上。孤独一人、无依无靠、卧病在床，我可能会因贫困、饥寒交迫而死，而没人对我费心挂念。但是，假如我自己都不对自己操心挂虑，而且我和别人一样，都不为命运担忧，随便怎样，那这一切又有什么关系呢？特别是在我这个年纪，已经学会了用同样的漠然态度来看待生命与死亡、疾病与健康、富有与贫穷、荣耀与毁谤，这难道是件毫无意义的事吗？其他所有老人们对一切事情都担心焦虑，而我却一点都不担心，不管会发生什么事，我都不在意。然而，这种不在意并不是我智慧的成果，而是我的敌人们的杰作。我当然要学到这些有益的东西来抵偿他们给我造成的痛苦。他们使我变得对厄运无动于衷，给我带来的好处倒是多过了他们意欲造成的伤害。未曾经历过厄运时，我可能会始终对它畏惧不已，然而征服过厄运的我，就再也不会害怕它了。

这样的心绪使我即便身处于生活的种种逆境

之中，却仍保有天性中的一种漫不经心，而且程度之深，几乎等同于我曾经最为荣光之时。除去在某些短暂的时刻，某些物品的存在会使我触景生情，回想起那些最为痛苦忧虑的过去以外，剩余的大部分时间里，我都全心全意地沉浸在那些吸引我、让我入迷的各种爱好当中，我的心被那些为之而生的各种情感滋润充实着，我则与那些在我的幻想中产生了同样感情的人物一起享受着这样的喜悦，与他们分享同样的感情就好像这些人是真实存在的一样。对于我这个创造出他们的人来说，他们确实真的存在，而且我不需要担心他们会背叛或者是抛弃我。他们存续的时间与我的痛苦不幸一样长久，而且足以让我把后者彻底忘掉。

所有的这些想法终于又把我带回到了那种我生来就追求的幸福温馨的生活当中。我已经度过了人生的四分之三，要么就是忙于研究一些有教育意义的、甚而令人愉悦的事物，喜悦无比地把全副精神与所有感官都投入其中；要么根据我的心思创造出许多奇妙神秘的环境，与幻想出来的那些伙伴们游玩交往，于是充实了自己的感情世界；要么就独自一人，我已经对自己感到十分满足，因为拥有了我觉得应该属于自己的一切而满怀幸福。而所有这些感受都是源自对自身的爱惜，自爱之心倒是在此派不上什么用场。然而，还有些悲惨的时光我并非是如此度过的，那时我还身处于人群之中，他们用那些虚伪阴险的关心呵护、浮夸可笑的恭维赞美和口蜜腹剑的诡谲心思把我玩弄于股掌之中。而无论我用哪种方式应对，我的自爱之心总要参与其中，通过那层拙劣的伪装，我从这些人心中察觉到的仇恨与敌意让我心痛欲绝；而一想到我就这样傻乎乎地被他们牵着鼻子走，又在这份痛苦之上平添了一份如孩童斗气般的恼恨，这些都是愚蠢的自爱之心的产物，我也感觉到这整个局面是多么可笑，但却已经被困其中了。为了训练自己去经受住那些侮辱嘲笑的目光，我做出了许多让人难以置信的努力。起码有一百次，我走到那些公众游览的地方和人群最密集的场所，唯一的目的就是锻炼自己，去忍耐那些人残忍的态度。然而，我不仅仅没有成功，甚至可以说是全无进步，所有那些辛苦却徒劳的努力给我留下的，却是我比起以前更容易烦躁不安和气恼伤心，也更加容易怒发冲冠。

被自己的感官操纵，不论做什么事，我从来都不知道如何抵御几种感官给我留下的印象，而只要是某样东西刺激到了感官，我的心就难免要被其触动；但这些短暂的情感也就和引发它们的那种感觉一样，为时不久。一个心生恨意的人出现在我面前，会让我产生强烈的不安，而一旦这个人不在了，那种不安的感觉也就同时停止了；反正只要我再也见不到这个人了，我以后也绝不会再度想起他来。就算知道他将来还会给我找麻烦也是白搭，我可不会费心去解决他。那种现时还感觉不到的伤害对我造成不了任何影响，而看不到的暗中害我的人，我也不会去理会他们。我感觉得到自己这种姿态给那些掌控着我命运的人带去了多大的方便，那就让他们随意地摆布我好了。比起被迫要成日地想着那些人，以防止他们的打击伤害，我倒更宁愿毫不抵抗地任由他们去折磨了。

也只有当我的感官作用于情感之上时，才成了我生命中唯一受挫之事。在那些见不到任何人的日子里，我不再去思考自己的命运，再也感觉不到它的存在。于是我不再受苦，十分幸福开心，没有什么杂念也不受阻碍。但我有一个弱点，就是很少能躲过某些非常敏感的攻击，正当我极少想到它们的时候，也许某个手势、我瞥见的某个阴险的眼神、听到的某个恶毒的词或者是偶然碰见的某个坏蛋，这些都足以使我烦乱不堪。在这种类似的情况下，我唯一能够做的，就是赶快忘掉它们，立刻逃走。只要导致我烦躁不安的东西一消失，我的心慌意乱也就跟着不见了。一旦能够独处，我便很快地恢复了平静。而假如说还有什么事情让我担心的话，那就是怕在逃走的过程中又会碰见什么新的让我痛苦的东西。这就是我唯一的苦难，可它已经足够颠覆我的所有幸福了。我住在巴黎市中心，想要走出家门去追求一些田园之趣和独处之美，可又必须要走很远才能享受这些，而在我能够肆意地呼吸之前，沿路上就会遇到千百样让我提心吊胆的事物，在到达我能找到的避难所之前，一天中起码有一半的时间都要在这种焦虑中度过。幸运的是，至少那些人还是让我走完了这段路。终于逃离开这些坏人的尾随，那一刻太美妙了，一旦我置身于绿树浓荫之下、青草碧叶之中，我简直觉得自己看到了人间天堂，能够体味到内心那么浓烈活跃的愉悦之情，就仿佛我是世间生灵当中最幸福的那一个。

我记得十分清楚，在我那短暂的辉煌日子中，同样是孤身的漫步游逛，今天我感觉到它是如此的温馨甜美，而那时对我来说却是相当地平淡无奇、无聊腻味的。当时我也曾到乡间的某人家中做客，因为想要锻炼一下身体，呼吸些新鲜空气，我也会经常独自外出，就像个小偷一样悄悄溜出去，然后走到公园或者田野中去散步；但那时的我远远不像今天这样，能体会到幸福安宁之感，那时我因为刚才沙龙中那些无聊的念头还满心骚动；时不时地还是会想起被我抛下的那些同伴们，就算是在独处时，那自爱之心的迷障和俗世的喧嚣嘈杂也仍然蒙住了我的双眼，让我看不到草木的清新，扰乱了这僻静之地的安宁。我逃进丛林深处也是徒劳无益，总有一群讨厌的人跟着我到处跑，在我眼前把大自然遮得严严实实。也只有在我摆脱了一切人情世故及其可悲的纠缠之后，我才终于重新回到了大自然，体味到它的各种魅力。

因为确信不可能压抑住那些最先产生的、下意识的冲动行为，我也就停止在这方面的所有努力了。于是每次受到攻击时，我就任由自己热血沸腾，任凭怒火和想象力操纵我的各种感官，就让这第一波的大爆发自然发生，而我的所有力气都不会用来阻止或者拖延这种爆发。我唯一要完成的任务就是在它产生任何后果之前，阻止后续事件的发生。双眼放光、满脸通红、四肢颤抖、心脏突突跳得飞快、呼吸都困难了，这一切都仅仅是些生理反应，理智是无法阻止的；但任由这最初的情绪自然地爆发出来之后，我就得重新控制住自己，一点点地恢复各种知觉了。这就是我长期以来尽力去做的工作，却没能成功，不过幸好最后结局还算尚可。不再试图去用力做无谓的抵抗，而是任由理智自己去行动，等待它制胜时刻的到来，因为只有在我能听从理智的时候，它才会对我说话。而我又能说些什么呢？唉，我的理智呀！我把这胜利归功于它，应该是犯下大错了，因为它其实根本没起作用。所有一切都同样源自我那摇摆不定的脾性，有风吹过便波澜汹涌，而一旦风平便又立刻浪静。是我天生激烈的本性让我总是躁动不安，也是我另一种懒散的性情让我轻易就能平静下来。于是，我便让所有那些冲动发生，反正一切冲击给我带来的也只不过是活跃却短暂的瞬间动荡而已，只要这冲击不再继续，我内心的动荡也就跟着停止了，没有什么能长时间传播并且在我心中一直延续下去。命运的种种捉弄、人类的诸色阴谋，对于我这样构造的人基本是无计可施的。为了让我持续地感受到痛苦，就必须得时时刻刻更新痛苦的印记才行，因为其间一旦有中断，不管中断的时间多么短暂，都足以让我恢复自我不再受其影响。当这些人能够影响到我的感官时，我会被他们牵着鼻子走，让他们借此开心取乐，但只要他们一有放松的时刻，我便能回到天性所希望的状态之中，而不论他们做什么，这都是我最为稳定持久的一种状态。也正是在这样的状态之下，我能够无视命运的捉弄而品味到幸福，我觉得自己就是为了这种幸福而生的。我曾经在一篇漫步之谈中描述过这样一种状态，它是如此地适合我，以至于我没有别的渴望，只愿它能长久持续，我害怕的只是看到它受到干扰。人们加诸我身上的种种伤害，无论怎样都触动不了我，唯一担心的就是他们还将会做些或许能够扰乱我的事情；可确定了这些人再也没有新伎俩来给我的感情带来长久的影响时，我就要嘲笑他们那些上蹿下跳的丑态，而且可以无视他们而自得其乐了。

CHAPTER 9

漫步九

幸福好像并非是为这世间众人而造就的一种恒稳状态。世间的一切都不过是随着一股持续起伏的浪潮而浮浮沉沉，没有哪一件事物能保持固定不变的形态。我们身边的一切都在变化。就连我们自己都在变化当中，没人能够确保自己明天还会依然爱着今天正在热爱的事物。于是，我们今生的所有关于获得至乐的计划都不过是些异想天开。当精神的愉悦到来之时就尽情地享受它吧，小心不要因为自己的失误而远离这份快乐就好，但也无须绞尽脑汁地计划着去让它延续下去，因为，这些计划其实都只是些纯粹的胡思乱想罢了。我很少见到幸福的人，或许应该说是一个都没见过；但却经常看到一些心满意足、知足常乐的人，在所有打动了我的事件中，这可以说是最让我自己快活的一件。我认为，这是外在的感受能够作用于内心感情的自然结果。幸福并没有什么能表现在外表上的标记；想要了解它，那可非得读懂幸福之人的内心不可。但满足和快乐却是可以从人的双眼中、态度举止里、说话的声调、走路时的步态里表现出来，而且对那些察觉出来的人，它好像就向着他们传播过去了呢。看到整个人类都沉浸在那种如节日欢庆一般的快乐之中，尽管生命中总有乌云阻隔，可是所有的心灵都能活泼地、兴高采烈地沐浴在飞速散播开来的愉悦之光中，难道还有哪种快乐能比得上这个吗?

三天前，P 先生以一种超乎寻常的热情给我展示了阿兰贝尔先生写给瑞欧芙兰夫人的一篇赞美文章。他说其中满含了荒谬的、生造的新词和许多怪诞可笑的文字游戏，于是在开始读这篇文章之前，他就因为这些而放声大笑，捧腹不已。当他开始读的时候，还是边读边笑的，不过我则是满脸严肃地听着，倒是渐渐让他镇静下来了，看到我始终都没有一点儿要效仿他举动的意思，他才总算是停止了哄笑。这篇冗长无比、精雕细琢的文章反复描述的主题就是瑞欧芙兰夫人是如何乐于看到孩子们以及和他们交谈的，作者便据此说明了她的这种高尚情操是天生善良的一个明证。但他要说的还不止这些，他还斩钉截铁地谴责那些没有同样兴趣爱好的人，断定他们都是些天生邪恶和狠毒的人，还说如果有人能就这一点去审问一下那些被拖上绞刑架或绑去受车轮刑的罪人们，他们一定都会承认自己是不喜欢孩子们的。这些论点被放在这样一篇文章里未免会产生些奇怪的效果。就算假设他说的都是真的好了，难道该是说这种话的时机吗？他就非得用酷刑和恶棍们的形象来玷污一篇对一位值得敬重的女士的赞美吗？当P先生一读完，我就轻而易举地明白了这篇卑鄙阴险、矫辞虚饰的文章的真正意图，指出了赞美词当中我觉得写得还不错的地方，我又补充道，这位作者写的时候心中所怀的友善之情估计还不如怨恨之意来得多。

第二天，天气虽然有些冷，但还是相当的晴朗，我散步到军事学校那里，打算去看看那边正值花期的苔藓。行走途中，我一直在想前一天的访客和阿兰贝尔先生的那篇文章，我很清楚这篇生搬硬套、七拼八凑的作品绝非是无的放矢，而且把这本小册子塞到我面前的唯一用处，对我这个被他们瞒得密不透风的人来说，其实也是极其昭然若揭的。我曾经把我的孩子们都送到了孤儿院，光凭这个就足以歪曲事实，把我描述成一个毫无人性的父亲了，然后从这一点，再稍微把这个想法加以延伸和修饰，人们也就能够逐渐得出一个很明显的结论，那就是我痛恨所有的孩子们；就这么沿着这条思路，一系列逐层递进的说明，我都不禁要对人类颠倒是非黑白的高超技巧钦佩不已了。因为，我不相信还能有人会比我更喜爱看到孩童们在一起嬉戏和玩闹的场景，我经常会在街上以及散步的途中，停下来用别人都没有的兴趣观看孩童们的淘气举动及他们的小游戏。就是在P先生来拜访的同一天，他到达之前的一个小时，我还接待了两个苏索瓦家的小孩子，他们是我房东最小的两个孩子，其中比较大的那一个大约七岁；他们是那么真心诚意地拥抱了我，我也用温情相待来回报他们。尽管年纪差异巨大，他们看起来还是挺愿意和我待在一块儿的，而看到我这张老态不堪的面孔没有招致他们的嫌恶，对我来说也是万分激动和欣慰之极的。那个最小的孩子看起来要比其他孩子更乐意陪在我的身边，我也觉得对他很是依恋，颇为偏爱他，看到他离开时我非常难过遗憾，好像他就是我自己的孩子一样。

我很明白，因为我把孩子们送去了孤儿院，只要对此事稍加歪曲，那些对我的谴责就很容易夸大变质，把我说成不称职的父亲和仇恨孩子的人。然而事实上，正是因为担心他们的命运可能会糟糕一百倍，而且他们几乎不可避免地会走上歧途，才使我最终下定决心做出了这样的举动。假如我真的会对他们将来变成怎样漠不关心，然而自己又的确没有能力去抚养他们，我在当时的情况下本可以把孩子们留给他们的母亲抚养，而她必定会宠坏他们；或者交给她的娘家养育，那样很有可能会让他们变成些恶棍。一想到这样的结果我就心惊胆寒。在我看来，像穆罕默德对萨义德[①]做的那种事，与别人可能对我的孩子们做的事情比较起来，根本就不算什么；而且后来人们给我设下的那一套套的陷阱也足以向我证实这类计划确实已经谋划好了。事实真相是当时我还远没有预料到其后的那种种恶毒的设计，但我很清楚这些孩子们能够接受到最稳妥的教育的地方

① 出自伏尔泰的悲剧《穆罕默德》。剧中穆罕默德看上其养子萨义德的妻子，强迫其离婚。

就是在孤儿院里，于是我就把他们送去了那儿。如果今天还要作出这种选择，我也不会有更多犹豫和迟疑，仍然会这么做，可我非常清楚只要风俗人情能容让我的天性，那么，没有任何一个父亲能够比我对待我的孩子们更加温和了。

如果说我在了解人心方面稍有进步的话，那想必是当我看待和观察那些孩子们时感到的快乐使我获得了更深的认识。同样是这份快乐，在我年轻的时候，却给我了解人性设置了障碍，因为那时我总是和孩子们在一块儿玩得太开心，完全就是成心只想着玩耍，根本就没想到要去研究他们。而等到我逐渐老迈，看到我这张衰老的脸让他们不安了，我便压抑住自己，不去惹他们厌烦，比起妨碍他们的欢乐，我宁愿放弃嬉戏的乐趣。于是，我在旁边看着他们做游戏和那些小小恶作剧就十分满足了，而我的这份牺牲也得到了报偿。因为，这样的观察启发着我对于人类天性最初始、最真实的举动有了更加深刻的了解，而我们的学者们对此却一无所知。我在作品中的记录充分证明了我对这项研究是多么的细致认真，乃至乐趣十足。所以，要说《新爱洛绮丝》和《爱弥儿》是一个根本不爱孩子的人的作品，那肯定是这世上最不可思议的事情了。

我从来也不是一个思维敏捷、能说会道之人，但自从经历过那些不幸之后，我的舌头和头脑不免变得越来越局促迟钝了。我经常想不到也说不出恰当的话来，可是和孩子们交谈，需要的不是别的，正是上佳的见识判断力和善于选择更恰当的表达方式。这一点更是增加了我的窘迫，因为被小听众们所关注着，他们对来自一个大人所说的话作出了诠释，也投注了影响，而这个人还是特意地为孩子们写了这本书，他说的话都可能会被当成是权威的意见。我感觉到极度的窘迫和才能的匮乏，这使我十分烦恼、张皇失措，和站在一个小家伙面前与他叽叽喳喳的交谈比起来，就算是觐见某位亚洲的帝王也更让我自在一些儿吧。

还有另外一个不便之处，让我现在更加远离孩子们。自从我经历过那些磨难之后，虽然还是一样地乐意见到孩子们，但却再也无法像从前一样和他们亲近了。小孩子不喜欢衰老，在他们眼中，那自然衰败的容貌是丑恶难看的，而察觉到他们的厌恶之情不免让我心痛难过；我宁可压抑住自己不去抚爱他们，也不愿意让他们感到难受或是恶心。也只有那些真正满怀爱意的心灵才会秉持着这样的动机，而我们那些男教授和女专家们当然对此是不屑一顾的。瑞欧芙兰夫人紧紧拥抱孩子们的时候，可很少在意他们是否快活的，只要她自己和他们在一起开心就够了。可对我来说，这种快乐比根本没有还要糟糕。如果快乐不是双方共有的感觉，那它只能带来不愉快，而我已经不再处于那种合适的处境和年龄，和我在一起时孩子们也不会心花怒放、开心快活了。如果这种情况还能够发生在我身上，那这种快活就变得极为珍贵，对我也就显得尤为鲜活，就像那天上午，当我和苏索瓦家年幼的儿子们亲昵嬉戏时，我的感受极其深刻。不仅仅是带他们来的保姆并没有要求我做什么事，我也不觉得必须要听她啰唆，而更是因为孩子们和我说话时那种快活开朗的神色一直都没有消失，和我待在一块儿，他们看起来既没有不愉快，也没有感到厌烦。

啊！如果在某些时刻，我还能够得到发自内心的一些纯洁的爱抚，即便是得自尚在襁褓中的婴儿也好；如果我还能在别人眼中看到因为和我在一起而产生的喜悦和满足，那么我心中这些短暂却温暖的情感宣泄，会使我所受的多少伤害和痛苦得到补偿啊？啊！我也就不需要被迫在动物身上寻找那些人类此后都拒绝施舍给我的善意温情的目光了。在人群之中，我能想象得出这类善意的目光很少有，它们在我的记忆里一直是非常珍贵的。接下来的这件事，如果是在别的情况下我几乎就全忘光了，可它给我留下的印象却非常深刻，而且能充分地描绘出我所有的悲苦心情。那是两年前的事了，有一次去新法兰西咖啡馆那边散步，我走得稍微远了一些，然后便左转，打算围着蒙马特区绕一下，于是得以从克里良古村穿过。我一边心不在焉地走着路，一边神游天外，根本就没有留意周围的情况，随后突然就感觉自己的膝盖被抓住了。我低头一瞧，就看见一个四五岁的小男孩儿用尽力气抱紧了我的双腿，他还用一种极为亲热和柔和的神情看着我，让我的五脏六腑都震动了，我便对自己说：我自己的孩子想必就该是这样子看待我的吧。我把这小孩儿抱在怀里，颇为激动地亲了他好几口，然后就又继续走自己的路了。走着走着，我总觉得好像缺了点儿什么东西，一种油然而生的渴望吸引着我想要往回走。我责备自己怎么能那样突然地就离开了那个孩子，在他那没由来的行为当中，我觉得好像看到了某种不该忽视的奇妙的感应。最后我还是向诱惑投降，又转身跑向了那个孩子，我再次拥抱了他，给了他一点儿零钱，从凑巧路过的小商贩那儿买了几个小甜面包，便开始逗着他咿咿呀呀的说起话来。我问这小孩儿爸爸在哪儿呢，他便给我指了下正在箍着桶的那个人。我正准备放下孩子去和这个父亲聊聊时，却看见一个脸色很糟糕的家伙抢在了我的前面。他看起来很像是那些不停地被派来跟踪我行动的探子中的一个。当这个家伙在箍桶匠耳朵边窃窃私语的时候，我看到后者的眼神死死地盯着我，眼中的目光可一丁点儿都称不上友好。这让我的心立刻缩紧了，我马上离开了那对父子，步伐迅速而敏捷，比刚才走回头路的时候可要快多了。此时的我心绪烦乱，很不愉快，刚才所有的好心情顿时化为乌有，变得十分糟糕。

但从那以后我却还是常常地想起他们，我从克里良古村又经过了好几次，希望能再看到那个小孩，可是此后却再也没见过他或是他的父亲。这次邂逅留给我的也只有那份悲喜交织的鲜活而复杂的回忆，就像其他偶尔深入我心灵的情感一样，最后总会以我伤痛的反应作为结局，我的心门从此也被紧紧地关上。

但世间事物总有其补偿。如果说我的快乐时光总是罕有而且短暂，每当它们到来时，我都会更加仔细地深深品味，比常有机会时更加感觉到它们的甘美和珍贵；我反复地咀嚼、无数次地回想起当时的情景，尽管次数极其稀少，但因为这些快乐极为纯粹，且没有掺杂其他的杂质，那时候的我比起当年声名鹊起时还要幸福得多。人在极其悲惨的处境当中，只要获得一点点东西，便会感觉自己很富裕；一个乞丐捡到一个金埃居[①]就会激动得手舞足蹈，可一个有钱人就算捡到了一袋子金币，也比不上这个乞丐快活。如果人们看到我趁那些折磨我的人百密一疏的时候，偷偷地获得了这种最菲薄的小小快乐，而且它们还在我心里留下了深刻的印象，那么大家恐怕会笑话我吧。最近的几件事当中，有一件发生在四五年前，每次回想起来，我都会因当时享受到的愉快心情而觉得极为开心自在。

那是某个星期天，我和妻子到马约门附近去吃晚饭。饭后，我们便穿过布洛尼森林一直走到慕埃特花园；我们就在那儿找了处树荫坐在草地上休憩，准备等到太阳落山后再慢慢地从帕西走回家去。这时候，有位修女带着一群小姑娘也走了过来，其中的一些小姑娘们也坐了下来，另外

① 埃居是法国古货币的一种，1266 年，路易九世铸造金埃居，又称“大埃居”。

一些就在离我们很近的地方玩耍嬉闹。当她们正在游戏的时候，从旁边走过来一个卖彩票抽蛋卷儿的小贩，带着他的鼓和转盘，正在招徕生意。我看见那些小姑娘们都对蛋卷儿垂涎欲滴，其中两三个身上大约带了几个铜子儿，于是便恳求嬷嬷让她们去玩一玩。在她们的那位监护人还犹豫不决并和孩子们争论着的当口儿，我便叫过了那个小贩，对他说：去让那些小淑女们每人轮流抽一次好啦，我会付给你所有的钱的。这话一下子在那群孩子们当中传开了，她们那种欢欣雀跃的快活劲儿就值得让我掏空钱袋了，那时候我真是为了这份快乐什么都情愿付出的。

接下来，我因为看见她们都迫不及待地涌上来，显得有点混乱，便征求了她们监护人的同意，让孩子们在一边儿排好队，然后一个一个地抽完签之后再走到另外一边去。尽管抽奖没有落空的——即便她们什么也抽不到，至少也会得到一只蛋卷儿，想必没人会因为结果而不开心，但为了让这欢乐的时刻更加圆满热闹，我悄悄地对蛋卷儿小贩说，叫他把平常要的那些手腕儿反过来用一用，尽他所能地让大彩多掉一些下来，然后我再给他结账。就靠着这样的提前准备，最后总共抽出了一百多只蛋卷儿，虽然姑娘们每人都只抽了一次签——因为我在这方面是很铁面无私的，既不愿意纵容自己滥用私情，也不会太过偏心以免让人产生不快——我的妻子也悄悄地暗示那些抽得大奖的姑娘们不妨和她们的同伴们一起分享，这样的话，大家都能分得差不多的战利品，也就皆大欢喜了。

我又请求那位嬷嬷也去赏脸抽一回，原本还挺担心她会倨傲地回绝我的建议；没想到她却很有风度地接受了，就像其他寄宿生姑娘们一样也去抽了一次，还毫不做作地领了她的那一份奖品，我于是便对她怀有无尽的感激之情，觉得她的做法正是让我非常开心的一种礼貌举止，比那些虚伪做作的样子要顺眼多了。在这整个过程当中，小姑娘们难免还是发生了一些争吵，她们就跑到我面前来要求我仲裁。这几个孩子依次阐述了她们的理由，倒是给了我机会注意到，尽管这些孩子们当中没有哪一个算得上特别漂亮，但有几个也颇为俏皮可爱，可以让人忘记那不甚美丽的面容。

我们最后兴高采烈地互相告了别，分道扬镳；而此后这个下午便成了一生中最让我心满意足的回忆之一。而且这样的一次欢聚也并没让我破费太多，我顶多也就付了30几个苏，可得来的却是价值超过一百个金埃居的快乐。说真的，真正的快乐哪里是能用花费了多少钱来衡量的呀，幸福也许更愿意和小铜子儿做朋友，而不是和金路易打交道。后来，我曾经好几次在同样的时间又去到那个同样的地点，期望着能再遇到那一小群孩子们，可这希望却始终没能实现。

这让我又回想起另外一件差不多是同样性质的趣事儿，不过留给我印象的这段回忆要更加久远得多了。当时正是我身遭磨难的那段时间，我还厮混在那些有钱人和文人骚客们中间，有时候不得不去参与到他们那些可悲的情趣爱好当中。那次，我在谢弗哈特正好碰上了房子的主人举办的盛大宴会。她全家人都欢聚一堂为她庆祝，为了热闹欢腾，各种各样声光色十足的取乐把戏都纷纷上演。有游戏、演出、丰盛的宴席、烟火表演等，应有尽有。大家连喘口气的工夫都没有，被闹腾得头晕脑涨，根本玩不下去了。于是晚饭后，我们就跑到大街上去透透气，而那里正好在举办一个类似集市的狂欢活动。我们也下场去跳舞了，几位先生们屈尊去和农妇们跳，同来的几位夫人们倒是还保持着她们的矜持姿态。那里有人卖一些香料蜜糖面包，和我们结伴同来的一个年轻人竟然买了一些，然后把它们一个接一个地扔到了人群当中，那些乡下人立刻一拥而上，互相争吵，撕打起来去争抢那些面包。大家看着这情景乐不可支，每个人都想去效仿他，同样开心一下。于是，香料蜜糖面包便从右边飞到左边，姑娘小伙子们跑来跑去，互相推挤着，彼此下着黑手；这个游戏似乎对所有人都格外的有吸引力。尽管并没有像他们那样如此乐在其中，我还是跟别人一样参与了这个游戏，其实心里感觉挺不好意思的。不过，我很快就厌倦了这种掏空钱包就为了让人们互相踩来踩去的玩法，于是抛下了那些同伴们独自一个人到集市上逛了起来。那些五花八门的各种货品让我消磨了不少时间。我忽然瞥见有五六个萨瓦亚男孩围在一个小姑娘边上，她的货摊上还有一打干巴巴的苹果，看样子她很想把它们全部卖掉。那些萨瓦亚男孩们倒是挺想帮她清货的，可他们身上总共也就两三个铜子儿，这可远远不够这些苹果的价钱呢。于是这个小货摊对他们来说就像赫斯佩里德斯[①]的花园，而这个小姑娘就是守护花园的恶龙了。这幕搞笑剧让我开心了好一会儿，最后终于走上前去解决了这个僵局，我把苹果的钱付给了小姑娘，又把苹果分给了那几个男孩们。然后，我就见到了一个最温情的场景，足以让任何一个人心满意足，眼看着汇聚了年轻人的单纯天真的快乐氛围就在我身边散播开来，而因为其他的围观群众也同样看到并分享了这份儿快乐，而我用这么低廉的价格就参与到了其中，我不禁为自己的杰作而感到更加的兴致勃勃了。

如果把这种乐趣拿来和我刚刚退出的那种比较一下，我满意地察觉到两者之间颇有差异。在这里是健康的趣味与天性自然的快乐，而那边则

① 希腊神话中守护金苹果树的女神，该树是由大地女神盖亚送给天后赫拉的。

是源自有钱人的炫富，只不过是迎合了那些人出于蔑视而产生的自以为高人一等的品位和讥讽的乐趣。因为，看着那群贫贱百姓们互相踩踏、推挤、粗暴地厮打，就为了贪婪地争抢几片被捏挤成小团、覆满污泥的面包，他们到底能从中得到什么样的快感呢?

我自己在这方面，则是对在这一类的事件中体味到的那种快感进行了反复的思索，我发觉仁爱之心举动本身的乐趣要少一些，而看到那些欢乐面孔时，我所感受到的愉快则更多。这一点对我来说倒不失为迷人之处，尽管它已经深入我内心，仅仅是一种模糊的感触而已。假如我不能看到别人因为我的所作所为而称心满意，那么，我自己感受到的快乐也必定会减半了。这种乐趣甚至可以是跟我无关的，不依赖于我有没有在其中起到作用；因为在那些庆典当中看着人们兴高采烈的脸，这也一直是一种极其吸引我的乐趣。这种期望在法国却尤其容易落空，在这个国家里，那些在游乐的时候装作开心的人极少能表现出真正的开心来。从前，我经常去一些小露天咖啡馆看当地的平民们跳舞，可那些舞蹈都太过于平淡乏味，他们的动作举止也十分笨拙和别扭，我从中非但不能得到娱乐，反而觉得很不舒服。然而在瑞士日内瓦的时候，那里的欢笑声不会因为不断出现的太多恶意而消失殆尽，所有人都在庆典聚会时尽情表现得欢天喜地、兴致勃勃，悲伤露不出它丑陋的面容，也见不到什么高高在上的豪奢铺张，只有惬意、友爱、和谐让所有人心花怒放、怡然自得，而在这种纯真的狂欢之中，陌生人们也常常互相攀谈、彼此拥抱、共邀对方尽情享受欢聚的喜悦。而我要享受这可爱的节日氛围，其实都不需要参与进去，只要看着他们快活就足够了；看着他们欢庆的同时，我也分享了他们的快乐，而置身于这些欢笑的面孔当中，我确信没有哪个人能比我更感觉到开心和幸福了。

尽管在那里感受到的仅仅是感官上的快乐，但其中必然还是存在着某种精神上的缘由。其证据就在于，就算是同样的面孔，可当我知道那些恶棍们脸上快乐欣喜的表情只不过是标示着他们的恶毒行为得到了满足，那非但不能够让我欣慰欢喜，反倒会让我因痛苦和愤怒而心碎。唯有清白纯真的快乐才能够抚慰我的心灵，那些出于残忍和嘲讽行为的喜悦会让我心痛悲伤，尽管这快乐可能和我根本扯不上一点儿关系。这些快乐的表情，当然不可能是完全相同的，因为它们产生的缘由是如此天差地别；但最终表现出来的终归同样都是快乐，它们之间那微妙的差异绝对不可能与在我心中激起的剧烈动荡相称。

我对那些悲痛和难过的表情则更加敏感得多，以至于一看到就不可能不在我自己心中也激起强烈的感情，我的反应甚至可能会比这些悲伤所代表的情绪更加剧烈。想象力更加强了我的情绪，让我对那个受着苦难的人感同身受，给我带来的苦恼和忧愁甚至常常会超过那个受难者自身的感受。一张满是不悦的脸孔始终是我不堪忍受的场景，特别是我有必要认为这种不悦与我有关的时候。我以前总是犯傻被人拖到家里去，而那家的仆人们经常令我为他们主人的殷勤款待而损失惨重，我都数不清看了多少回仆人们牢骚满腹、阴郁不快的脸色，他们满心不乐意地伺候我，还从我手里抠去了不少埃居。我总是容易被这些很敏感的事物深深影响，尤其是受不住那些或快活或悲伤，或和善或嫌恶的表情，我老是任由自己被这些外在的情绪所操控，从来都无力摆脱，除非是干脆逃之夭夭，避而不见。某个陌生人的一个表情、一个手势、一个眼神便足以扰乱我的快乐或者抚平我的痛苦。只有在我独自一人的时候，我才属于我自己，否则一旦迈出去，我就会变成周围众人的牵线木偶。

从前我也曾经快乐地生活在人群之中，那时我在人们眼中看到的都是友善，最差的情况也就是在那些陌生人眼中会看到冷漠的眼神。但是今天，有人却费心费力地要把我这张脸展现在大众面前，却同时又隐瞒了我的人格本性。我一走出去，就没法儿忽略周围环绕着各种让我心碎的东西，我只好大步急匆匆地冲到田野当中去，只有看到一片苍翠青绿，我才能够开始自如地呼吸。那么，我如此喜爱孤寂还会让人吃惊吗？在人类的面孔上，我只能看到敌意，而大自然却始终对我微笑以待。

虽然如此，我还是得承认，当我的脸孔不为人所知时，生活在人群之中，我还是能感到相当快活的。可是，人们高抬贵手留给我的这种快乐时光也为数不多了。几年之前，我还挺喜欢散步穿过那些小村落，观察那些家庭中主要的劳动力早上就开始修理他们的连枷，而妇人们则守在门边看护着她们的孩子们。这样的场景也不知道为何常常能触动我的心灵。我有时候无意之中就会停下脚步，看着这些善良的人们嬉笑玩闹，觉得自己有种说不出的渴望和羡慕。我不知道别人是否看出我对这种小小幸福的触景生情，也不知道他们是否已经决意要再次剥夺我的这份乐趣；但当我察觉到那些人在我经过时神色有变，还有他们看着我的表情时，我不得不明白了，有人已经想方设法地不让我隐姓埋名地自在行动了。同样的事情也在荣军院再度发生了，而且表现得更加明显。我一直就对这个高尚的机构很感兴趣，每次看到那群了不起的老兵们，无不充满怜悯与崇敬之情，他们可以像斯巴达的勇士们一样说：

我们从前也曾经年轻、健壮而且英勇。

我最喜爱的散步路线之一就是围着荣军院行走，很乐于碰见几位在那儿到处都能看到的残疾军人。他们都还保持着当初军人的品行，在擦身而过时会向我招呼问候。这样的问候让我欣慰，心里对他们更是报以强烈百倍的好意，这更增加了我见到他们时的喜悦之情。因为从来不会隐藏那些打动我的人与物，我便经常谈起这些残疾军人们，并提到了他们那些让我颇为感动的态度。这可真是蠢得无以复加了。过了一段时间，我发现他们似乎不再把我当成陌生人看待了，或者应该说成是他们对我更加不了解了才对，因为这些老兵们也开始用外面那些群众看我的眼光来对待我了。善意没有了，问好也没有了。他们用一种令人极不舒服的神情和恶狠狠的眼光来取代了最初文雅和善的举止。早期担任军职所固有的正直坦诚，使得这些老兵不会像其他人一样，把敌意隐藏在冷淡和阴险的面具之下，他们很坦率地向我表达出了最为激烈的憎恨，而且我不可避免地发现其中几位原本是我极为敬重的人物，现在却毫不掩饰他们的盛怒，这真是雪上加霜，给了我的悲惨命运更大的打击。

从那以后，我去荣军院散步就没有那么愉快了。尽管如此，我对他们的感情也并未因他们对我的态度而改变，我对这些守卫过他们祖国的老兵们仍然满怀尊敬和关切。看到我对他们报以了公正的态度，可得到的却是这样不恰当的回报，这着实让我痛苦难受。于是，偶然遇到某个没有经历过这种群体教育洗脑的人，或者是哪个不认识我的脸，也就没有表现出任何反感的人，单单这么一个人友善的问候便补偿了其他人那些严厉苛刻的举动了。我就会忘掉其他人而唯独关注这么一个，我会想象着他和我一样，拥有一个仇恨无法侵占的单纯的灵魂。去年，我就曾经遇到过这样的开心事儿，那时我正准备渡河到天鹅岛上去散步。一位贫苦的残疾老军人正在船上等着同行的船客一起过河。我就上去了，然后告诉船夫叫他出发。水流非常湍急，渡河时间也很长。我起初几乎不敢和这位老人先搭话，生怕会像平常一样得到粗暴的对待和严词拒绝，但他和善的神情让我安下心来。我们开始聊天，他看起来是一位有见识、道德高尚的人。我很吃惊也很迷惑，他竟然用那么坦诚而亲切的语气和我交谈，我还真不习惯这样的优待，感到受宠若惊了；不过我很快就不再惊讶了，因为得知他是刚刚从外省来到巴黎的。我猜测别人还没把我的脸指给他辨认过，也还没告诉他那些注意事项呢。于是，我便充分利用没人认识的这段时光和这个人聊了起来。我发觉就算是最平常的乐趣，如果得到它们的机会十分稀少，就足以使之显得尤为珍贵，也能够大大增加它的价值。下船时，他拿出两个可怜巴巴的铜子儿准备付船钱。我赶紧给了船资，恳求他把钱收回去，还胆战心惊地生怕激怒了这位老人。幸好没有，恰恰相反，他对我的心意显得很受触动，特别是接下来，因为他比我年纪大，下船时我又帮了他一把，他就更感动了。谁能相信我竟然会因此像孩子般痛哭流涕了呢？我极度渴望在他手上放一个价值24苏的硬币，让他去买点儿烟抽，可我却始终没敢这么做。阻止了这一举动的这种羞怯之情，也经常妨碍我去做一些本可以让我满心快慰的好事儿，然后因为压抑住了这份渴切，我也只能在过后为自己的蠢笨而哀叹惋惜。而这一次，告别了这位老军人之后，我很快便设法安慰自己说，这样做我岂不是破坏了我自己的原则嘛，须知要是在高尚的东西当中掺杂进去金钱的因素，那岂不是毁坏了它的崇高，玷污了这份大公无私吗？我们应该去热心帮助那些确实有需要的人们，可是在生活中进行平常的人际交往时，不妨就任凭淳朴的亲切和善与斯文教养自行其是吧，想必也没有哪些唯利是图、利欲熏心的事物胆敢靠近人心这种最纯真的根源，也就不会腐化它、让它变质了。听说在荷兰，要向人问个时间或者问问路都必须得付钱给对方才行。那他们真是个活该受人鄙视的民族了，竟然会把人类最简单的义务都拿来称斤论两地出卖。

我还注意到只有在欧洲，人们会因为接待客人而收费。而在整个亚洲，你住在别人家里都是不收钱的，我也知道那里也许找不到这边的许多便利设施。但只要我们能对自己宣布：我是一个人类，我被自己的人类同胞们款待，其他的也就不算什么了。纯粹的人道主义给了我们栖身之所。只要心灵受到比肉体更完满的对待，那些物质上的匮乏是可以轻易忍耐下去的。

CHAPTER 10

漫步十

今天是圣枝主日[①]，我初次结识华伦夫人至今正好整整50年。她那个时候28岁，和18世纪同时出生。我则尚且不满17周岁，还没定下性子来，那时也不曾想到，我会给那颗天生活力充沛的心灵带来新的热情。如果说她会对一个温柔谦逊、相貌英俊的活泼的年轻人心怀善意，这并非是件令人惊讶的事情，那么，这位魅力无穷、机智优雅的夫人能够启发我了解那些之前我还不能分辨的、更加温柔甜美的感情，也就更不算什么新鲜事儿了。然而不寻常的是，这最初的相遇相处却竟然决定了我此后的一辈子，并在我余下的日子里产生了一系列无从逃避的命运的安排。那时我的身心都还不算成熟，没有显露出什么了不起的才能，灵魂还没有定型，还在急不可耐地等待着能使精神成长、灵魂成熟的那个时刻的到

① 复活节前的星期日。

来，我们的这次相遇虽然使那个时刻加速，可它还是没有立刻就发生。而我所接受的教育让我有一种简单纯朴的道德观，我期望能久久地延续，永远活在这种甜美却短暂的生活里，让爱情和纯真在同一颗心灵当中并存。可是，她随即就离开了我。所有一切都让我想念她，我必须回到她身边去。这次回归就此决定了我的命运，而在真正拥有她之前的很长时间里，我都只关注着她、为了她而活着。啊！假如我曾经满足了她的心灵，就像她已经充满我的心一样，那该多好！我们会在一起度过多少平静又甜蜜的日子呀！我们确实曾有过那样的生活，可它却是那么短暂、转瞬即逝，而且接下来又是怎样一种命运紧随其后呀！没有哪一天我不会满怀喜悦和感动地回想起我生命中这段独一无二的短暂时光。那时的我才是完完全全的我自己，没有杂念、不受阻碍，那时候我才可以说是真真正正地活着。我几乎可以和那位在维斯帕西安治下被贬、回乡安度晚年的大法官一样说出差不多的话来："我在世上过了七十年，可只不过活了七年。"如果没有经历过这么一段短暂而珍贵的时光，我可能还是对自己不够自信、犹豫不决，因为我的整个余生都是那么软弱而毫无防备，我是那么容易就会被他人的情绪煽动起来、踌躇不前、被纠缠着不放，在这样惊涛骇浪般的日子里我几乎是完全被动地随波逐流，甚至连自己在做什么都搞不清楚，却又有那么多不得不为的艰难任务不停地让我压力倍增。可就在这短短的数年中，被这么一位善良、温柔的女子爱着，我得以想做什么就去做，成为自己想成为的那种人，而且运用了我的空闲时间，在她谆谆教导和亲身示范的帮助下，我终于学会了给我的灵魂造就出一种最适合不过的简单而崭新的形象，并且使它一直保持了下去。对于孤寂和冥想的喜好就是这时从我心中产生，同时还伴随着一些外露的、温柔的情感，它们是专门为心灵提供的食粮。喧嚣和嘈杂会拘束我的感情，让它们窒息；而安静与平和却能让它们再度活跃起来，乃至欢欣鼓舞。我需要静心沉思才有力量去爱。我曾经劝服了她到乡下去生活。一座朝向山谷的孤零零的小房子成了我们的庇护所，就是在那里度过的四五年时光，使我享受到了穷尽一生才能得到、最为纯粹的幸福美满的生活，它的美妙抵消了我的命运表现出来的所有可怕之处。我曾经想要有个知心的爱人，我便拥有了她；我渴望乡间的生活，我也得到了；我不能忍受束缚，而我就是完全自由的，甚至比自由更好，因为唯一羁绊着我的就是我的爱情，于是我可以只做自己愿意做的事情。我所有的时光都充满了深情的关怀和田园之中的各种消遣。只有一个愿望，就是希望这样甜蜜的境况能继续下去。而唯一的痛苦也就是担心它不能持久，而这担心来自我们日渐窘迫的处境，它绝非毫无根据。从那时起，我便想办法给自己找一些散心解闷的东西，既能够驱散我的担忧，同时也为预防后续的影响想想办法。我觉得，掌握点儿技能是对抗悲剧的最保险的方法，于是，我决定把自己的空余时间都用来调整好自己的状态，如果有可能的话，有朝一日还能够回报从世上最优秀的女人那里获得的帮助。